龍
黃泉委託人
地獄逃犯

# 地獄逃犯


楔子 012
第1章・屏東幽靈船 017
第2章・阿山的絕招 035
第3章・交火 062
第4章・尋火 088
第5章・重創 120
第6章・復仇 142
第7章・血親 163
番外・一念之間 199
後記 207

# 人物簡介

## 謝任凡

二十九歲，身高一百七十幾公分，一名看似平凡的男子，在黃泉界卻有一個響噹噹的名號——「黃泉委託人」。在陰年陰月陰時陰分出生的極陰之子，擁有強大的靈力與陰陽眼，藉著自己的能力，替鬼辦事收取酬勞維生。擁有兩個鬼老婆，並能與鬼稱兄道弟，卻不擅長與人交往。

## 小憐、小碧

兩人原為黑靈，現年約四十五歲，外表則維持在死時十八歲的青春美貌。在任凡的感化下，化解了兩人的怨氣，並一起成為任凡的妻子。兩人互認為異姓姊妹，比較成熟嫻淑的小碧是為姊姊，而比較俏皮可愛的小憐則為妹妹。

## 撚婆

年約七十，個子嬌小而法力高強的法師。為了學習法術，選擇了孤老終生作為代價，是孟婆在人間十三個乾女兒中唯一仍在世的。獨自撫養任凡長大，是任凡在人世間最為親近的乾媽。個性直來直往，退休之後獨自一人住在山區，過著簡樸的生活。

## 孟婆

撚婆的乾媽，任凡的乾奶奶，也是眾所皆知的遺忘之神，常駐於地獄的奈何橋邊。沾一滴孟婆所熬煮的孟婆湯，便能遺忘過去所有的記憶，方可投胎轉生。然而喝多了孟婆湯，則在重生後也無法記住事情，變成俗話中的白痴。

**葉聿中**

職業鬼差，穿著與黑白無常類似的服裝，人模人樣的外表下，卻有著讓人一看就知道不是人類的恐怖表情。與任凡是舊識兼死黨，平時看似個遊手好閒的賭徒，必要時卻是個值得信任，經驗老到的鬼差。

**易木添**

三十七歲，身形單薄，眼神卻透露出氣魄的法師。自小被廟公收養，聽遍天師黃鳳嬌（撚婆）的鬥法故事，以成為像天師一樣的高人為目標。自稱是任凡的宿敵，也視任凡為自己的唯一宿敵。

## 白方正

三十一歲，擁有將近兩百公分，及近百公斤的高大壯碩身材，與外型相反的，生性十分怕鬼。操守中正，個性中規中矩，正義感十足。在與任凡結識後，意外的透過鬼和任凡破了許多棘手的案件，因而搖身變成警界最炙手可熱的超級救世主。

## 爐婆

撚婆的師妹，五十幾歲的年紀卻很時尚，三不五時還會烙英文。法力不凡，卻因為曾經說實話得罪過人，自此之後抱著遊戲人間的心態。曾經因為某件事情被逐出師門，因為撚婆的挺身而出，對撚婆充滿敬意。在任凡的一次委託中，成為了方正的乾媽、旬婆的乾女兒。

## 旬婆

數萬年前，在地獄與孟婆相爭失利，因而不被世人熟知。常駐於與奈何橋相對的奈洛橋邊，並研發出能破解孟婆湯的旬婆湯，喝下肚便能讓人記憶起前世因緣。與任凡交換條件，達成協議後，方正被迫成為她在人間界的乾孫子。

## 借婆

陰間的大人物，與孟婆、旬婆並稱黃泉三婆。手持有顆八卦球當杖頭的楞杖是她的註冊商標。相傳每兩個鬼魂中，就有一個欠債於借婆。是黃泉界的大債主，也是唯一可以插手因果的人物。與任凡因緣匪淺，在任凡不在的這段時間，擅自住進任凡的根據地。

## 張樹清

生前為方正在警界的大前輩，是名高階警官，死後則變成菜鳥鬼差。現年約五十歲，容貌則維持在死時四十五歲的模樣，除了穿著鬼差的制服，在其他地方看起來不過像是個膽怯老實的中年男子。與自己在世時眾多同居人之一的芬芳冥婚，過著分隔陰陽兩地的幸福生活，並努力學習當個稱職的鬼差。

### 溫佳萱

二十九歲，才貌兼具，年輕有為的女法醫。從小就擁有陰陽眼，在突破恐懼後比一般人更堅強，更有勇氣，也以自己的職業為天命。揭穿方正破案的手法後，成為其搭檔似的存在。

### 伊陸發

黃泉界陰氣最弱的鬼魂之一，不管身為人還是鬼都一樣坎坷平凡，為了扭轉自己的命勢，決心在此生輪迴中，幹出驚天動地的大事，讓自己的人生可以掀起些許波瀾，不再平凡。

## 石娛楓

方正特別行動小組的一組組長。擁有邪性的美，可以讓沒有陰陽眼的人意亂情迷。也因為這樣的美，為她的人生帶來許多的困擾，所以在一般時候總是將自己包得密不透風。做事認真，個性內向，也因為長相之故，常常招致同性厭惡。

## 嚴紓琳

方正特別行動小組的二組組長。對於任何案件，有超乎常人的執著，因此在警界被人稱為「背後琳」，是方正特別行動小組中，最具代表性的人物。在飛頭鬼火案中，差點喪失了性命，但是也因此結識了現在的交往對象——黃松造。

### 鄭棠火

方正特別行動小組的三組組長。因為曾經被母親施法的緣故，身體的陽氣沒有辦法阻止鬼魂的入侵，導致有許多鬼魂居住在他體內。在一般人的眼中，他就像是有多重人格的頭痛人物，但是受到了方正的信任，因此就任為第三特別行動小組組長，與阿山從警校就是摯友，感情非常要好，只有阿山，才能分辨這些居住在他體內的靈體。

### 莊健山

方正特別行動小組的四組組長。有陰陽眼，從小就成長在充滿迷信的家庭。有點吊兒郎當的個性，卻又有一堆奇怪的推論，常常讓方正與佳萱不知道該怎麼跟他溝通。與其他人不同，有屬於自己的一套邏輯。

# 楔子

張開雙眼，在她面前的是一片陌生的景象。

她緩緩地站起身來，環視了一下四周。

眼前是熟悉卻陌生的辦公室環境，傳入耳中的是鍵盤的敲擊聲，而空氣中飄浮著一股淡淡的地毯霉味。

她看著那張曾經屬於自己的辦公桌，上頭還有過去的她專程為她擺放的鏡子。

看著鏡子，裡面映照出一張膚質惡劣、濃眉大鼻之間夾著一對單眼皮小眼睛的臉。

她不禁苦笑。

在這個長相至上的年代，這張臉，肯定讓過去的她吃過不少苦頭。

就是這些人嗎？

她優雅溫柔地側著頭，問著過去的她。

放心，從今天開始她不再是會被大家遺忘，被大家忽略的角色。

遠處的一張桌子，一對眼睛緊緊地瞪著她。

她也感覺到了，毫不畏懼地將眼光投回去，與那人四目相對。

對方感覺到困惑，因為明明是自己認識的那張臉，但是卻覺得陌生。

對了，過去的她，從來不曾這般瞪過人。

不過，她那從沒有出現過，充滿狠勁的眼神，卻是對方此生中最後看到的東西。

只見她緩緩伸出兩根手指，朝對方輕輕地彈了一下。

就這麼一下，對方的一對眼珠竟然就這樣炸開來。

混濁的水晶體伴隨著血絲噴了出來，分秒不差的，那人同時扯破喉嚨發出淒厲的尖叫聲，震驚了辦公室裡的所有人。

沒人知道究竟發生了什麼事情，幾個坐在那人旁邊的同事，想過去扶他，卻因為那駭人的眼窩，不敢靠近。

「阿麥，啊！是阿麥！」那人尖叫著她的外號。

那是取台語「阿醜」的諧音，明明是個女孩，卻被貼上如此惡劣的標籤。

所有人紛紛看向她，她待在原地不動，嘴角卻勾勒出一抹邪邪的笑意。

其他人對阿麥一向沒什麼好態度，旁邊一個男同事，伸出手要去抓阿麥的肩膀，但是手卻在空中被不知名的力量拉住了。

彷彿扒香蕉皮般，那男同事從手腕到手臂的整層皮，都被扒了下來，露出裡面的肌肉。

此景嚇壞了在場所有人。

尖叫聲此起彼落，另一名男同事抓起座椅，朝阿麥丟了過去。

椅子在空中轉了彎，以令人難以理解的速度直直朝另外一邊的女人飛了過去。

椅過頭也落，女人的頭被急速飛來的椅子切了下來。

絲毫來不及反應，那女人沒倒在地上，甚至向前走了幾步。

沒有了頭的脖子，彷彿移動噴泉般，噴出豔紅的鮮血。

一位女同事看到這個景象，整個腿軟癱倒在地，但是心裡還是想要快點逃離這裡。

她貼在地上朝門口爬，前面一個男同事，不知道被什麼東西擊中，整隻手飛了出去，手臂跟身體之間，就好像印度拉茶的兩個杯子般，拉出一條長長的血河。

飛出去的手臂就掉在她旁邊，還兀自抽動著。

她嘴唇狂顫，淚流滿面，顫抖著身軀繼續朝大門爬去。

耳中可以清晰聽到同事們的哀號聲，地板上盡是從四面八方漫延而來的血河。

平常的她，最討厭衣服沾到髒東西，但此刻哪管那麼多，就算整個人趴在血海中，也要逃離這裡。

好不容易挨到了門口，她揮著手讓自動門感應，自動門緩緩開啟。

正當她要爬出去的時候，有人從後面一把抓住她的腳，她還沒看清楚是誰拉住自己，整個人就被向後拖，在充滿血河的辦公室中，她好像沒長眼的機車般，衝過一個接一個的血窪，血液也因此高濺起來。

等到回過神來，她發現自己就在阿麥的面前。

「不……不要！」她試圖向阿麥求饒，「阿……不是，古……」

她想要叫阿麥的本名，但是，這些日子以來都叫她阿麥，早就已經記不清楚她的本名了。

她泣不成聲，過度換氣讓她根本說不出一句完整的句子。

從阿麥的眼神中，她知道，她沒有什麼值得阿麥手下留情的地方。

在她斷氣之前，她了解到死亡並不可怕，但是眼睜睜看著自己的腸子被人一點一點拉出來，承受著那種詭異又痛苦的感覺直到斷氣，那才真的是恐怖啊。

她不停地尖叫直到斷氣為止，而她的尖叫聲，是迴盪在辦公室裡的最後聲響。

在這過後，四周是一片死寂。

阿麥站在辦公室中央，看著這讓她感到熟悉的景象。

「嗯？」

一個聲音從身後傳來，她緩緩轉過身去，一個男人就站在大門前。

這可憐的男人，平常只要一跑業務，就幾乎不會在這個時間回到公司，偏偏今天卻在這個時刻回到了公司。

他張大了嘴，看著眼前血肉模糊的辦公室，然後看了看阿麥。

阿麥瞬間從辦公室中央，閃現到他眼前，讓他原本張大的嘴，張得更大了。

沒有給他發聲的機會，阿麥用手插入了他張大的嘴中，向下扣住他的下巴，並且用力一扯。

就好像裂口女一樣，他的嘴巴從嘴角的地方被撕裂開來，一直裂到耳際。

只是不同的是，他整個下巴都被扯了下來，只剩下連在脖子的皮。

包括整排下排牙齒在內的下巴，就這樣垂到了他的胸前，彷彿鐘擺般左右搖晃。

而鮮血就從鐘擺的上面，宛如瀑布般噴瀉出來。

鮮血濺在阿麥的臉上，讓她整張臉都好似塗上紅泥巴。

然而，就在泥巴退去的同時，驚異的變化浮現在阿麥的臉上。

只見阿麥哪裡還有那張大鼻小眼的臉，抹去臉上的血跡，阿麥有了張妖豔動人的新臉龐。

阿麥的嘴角得意地勾勒出一抹傾倒眾生的邪笑。

阿麥用小指輕輕地在眼角按了一下，一顆美人痣浮現在眼角。

辦公室宛如煉獄，血流成河，蜿蜒到了她的腳邊。

而她，浴血重生。

# 第1章・屏東幽靈船

## 1

——兩個月前，屏東。

當隔壁的張太太將事情告訴小梅的時候，她先是一愣，然後才又問了張太太一次，以確定自己並不是幻聽。

與小梅同樣的情況，幾乎同時發生在其他五戶人家的身上。

小梅腦海裡一片空白，被張太太拉著朝港口去。

她先是看到了那艘熟悉的船，在港口邊浮沉，小梅知道自己不可能認錯，因為船舷用紅色的字體寫著「萬洋號」。

這是怎麼回事？

淚水瞬間蓄積在眼眶之中。

當年他們告訴小梅，萬洋號沉了，可是此刻，它卻出現在自己的眼前。

小梅淚眼汪汪地凝視著萬洋號那紅色的字體片刻，然後回過神來，開始急速朝萬洋號奔去。

是的，如果萬洋號還沒沉沒，那麼她的老公肯定還活著。

她穿過那些早已因為謠言而聚集過來的群眾，直到聽見有人叫喚她。

「小梅！這邊！」

她循著那熟悉的聲音看了過去，那是陳嬸，她老公也是萬洋號的船員。

她朝陳嬸那過去，清楚地看到了船舷旁的岸邊，幾個醫務人員正照料著剛剛下船的船員們，而那熟悉的身影，就坐在那裡。

「老公！」小梅叫了出來。

陳嬸從旁邊抱著小梅，在她耳邊說：「海巡署的人說他們現在很虛弱，先讓醫療人員照顧他們休息一下。」

小梅淚流滿面，緊拉住陳嬸的手說：「活著，他們都還活著！」

「對，」陳嬸也忍不住哭著說：「他們都活著。」

委屈與辛酸，伴隨著歡喜化為淚水，陳嬸與小梅兩人相擁而泣。

這天，這艘傳言中已經沉沒兩年的萬洋號回港了。

六名船員毫髮無傷，但是卻非常虛弱。

所幸在醫院的治療之下，六人很快就回家與家人團聚了。

失而復得的喜悅，久別重逢的歡喜，彷彿烤肉香般，蔓延了整個村里。

大家口耳相傳的，都是這個感人的故事，所有人都沉浸在這幸福的感動之中。

然而，這樣的感動，只持續了兩天。

海巡署的人員上船調查之後，發現很多疑點。

首先，船上許多設備都已經不能使用，尤其是捕魚用的工具，幾乎全生鏽腐蝕，不堪使用。

海巡署的人員無法理解，在食物用罄且無法捕魚的情況下，船員到底是怎麼在這兩年中活下來的？

再者，漁船早就沒有油了，究竟是如何回到港口的，這也是另一個疑問。

當初，幾乎在外海的幾艘漁船，都同時收到了萬洋號的求救訊號。

其中一艘船趕到現場的時候，只見船已經燒毀並且緩緩沉沒，剩下的殘骸事後也被證實的確為萬洋號所有。

然而，當海巡署的人員拿著當時打撈上來的一片殘骸，前去跟漁船做比對時，赫然發現的確在船舷的部分，有缺一塊好像燒毀的痕跡，跟那塊殘骸吻合。

難道說，這只是單純的烏龍一場嗎？

其實當時趕到現場的漁船，看到的是其他船隻剛好在那邊燒毀沉沒？

而他們打撈上來的殘骸，也正巧是萬洋號航行而過時留下的？

雖然這樣的推測，可能性微乎其微，但是起碼可以解釋得過去。

但是這兩年來，這艘船到底去了哪裡？船員又是怎麼活下來的？

這些就算海巡署隊員想破了腦袋，也想不出半點合理的解釋。

由於整起事件太過於詭異，所以港邊也開始流傳出許多傳言。

有人認為，萬洋號應該是駛近了那個被稱為台灣百慕達三角洲的海域，所以才會進入時空隧道，穿越了兩年。

有人則認為，這些船員根本就已經淹死了，但是他們不知道自己已經死了，所以才會回來。

各種繪聲繪影的流言四起，但是對死後重逢的這六戶人家來說，不管在海上究竟發生了什麼事情，只要自己的親人可以活著回來，都已經是最大的喜悅了。

## 2

對小梅來說，這兩年真的很苦。

在獲知自己丈夫所搭乘的萬洋號沉沒後，她的人生就彷彿被人打破的玻璃般，碎了一地。

頓失生活支柱，對必須撫養兩個小孩的小梅來說，真的是晴天霹靂。

然而，小梅並沒有因此被打倒。

透過同樣是在那場船難中喪夫的陳嬸介紹，小梅到漁市幫忙，而小孩，在她工作的這段時間，就由隔壁的張太太幫忙看顧。

對於這些生活在漁村的人家來說，雖然沒有都市的光鮮亮麗，但是也沒有都市人那宛如冰冷水泥牆的人際關係。

大家互相扶持，度過難關。

漁市工作的收入不多，但是對小梅來說，只要能夠帶大丈夫留下來的這兩個孩子，就已經非常足夠。

生活忙到沒有餘力哀傷，只有在夜深人靜時，偶爾想起丈夫才會躲在棉被裡痛哭一場。

一年過去，考慮到小孩的學費，小梅多兼了一份工。

一方面是準備未來可能的開銷，另一方面，小梅想要用工作來麻痺自己。

剛開始真的很累，然而時間一久，小梅也漸漸習慣了這樣的生活。

讓人欣慰的是，兩個小孩很懂事，沒有給張太太與小梅添太多的麻煩。

就這樣，在一個平凡的午後，當小梅結束漁市的工作，回到家中短暫休息，準備前往下一個工作場所時，隔壁的張太太跑了過來，帶來了這個震撼人心的消息。

重逢的喜悅，讓這兩年來的委屈，全部一掃而空。

小梅和重獲丈夫的陳嬸，跟著救護車一起到了醫院。

當醫生告訴家屬，六個船員健康方面均無虞，只是有點虛弱，缺乏營養，小梅跟陳嬸都鬆了口氣。

重逢的時刻到了。

小梅跟著護士，來到了丈夫阿盛面前。

阿盛坐在床邊，衣服半敞，露出結實的胸肌。

小梅飛快上前，緊緊握住阿盛的手，阿盛緩緩抬起頭來，與小梅四目相對。

在那一瞬間，一個奇怪的想法掠過了小梅心頭。

這個男人……不是我老公啊。

## 3

他是我老公，他是阿盛。

小梅不斷這樣告訴自己。

但是，當兩人重逢第一次四目相接時，那種微微的異樣感又該怎麼解釋呢？

眼睛是人的靈魂之窗，不但可以透露出一個人的心情，甚至只要看得夠仔細，有時候連靈魂都可以看穿。

他有著阿盛的臉，阿盛的身體，卻不知道為什麼，那一瞬間，小梅覺得裡面的靈魂不是阿盛。

經檢查確認一切無礙之後，六名船員各自由家人帶回，小梅也帶著阿盛回到家。

醫生說，因為長期缺乏營養，所以他長時間處於意識不清的狀態，這樣的情況有可能會出現一些記憶斷層，要小梅不要大驚小怪，只要多調養，會慢慢恢復正常。

然而，事情真的是這樣嗎？

雖然一直勉強自己去接受，眼前這個男人就是自己的老公，但在醫院第一眼的感覺，卻一直揮之不去。

小梅並不是不接受醫生的說法，但從阿盛與兩個小孩互動的模樣看來，小梅總覺得有種勉強與陌生的感覺，這更加劇了小梅對阿盛的不信任感。

傍晚或閒暇時，阿盛總會站在家門前，遠遠望著那片海洋，眼神有種難以釋懷的感覺。

小梅試著問過阿盛，這兩年他們到底漂流到哪裡？發生了什麼事？他們怎麼活下來的？但是阿盛總搖頭說不記得了，如果小梅硬要追問，阿盛就會露出痛苦的表情，讓小梅無法繼續追問下去。

這更加深了小梅心中的疑惑。

可是，小梅沒有足夠的勇氣追問下去，更不想要破壞這失而復得的幸福。

在家裡與阿盛團圓三天之後，小梅與陳嬸都回到了漁市。

畢竟生活還是要過，以阿盛的狀況，何時能再回到工作崗位，仍然是個未知數。

兩人一回到漁市，同事不免一陣歡呼與恭喜。

小梅雖然帶著笑臉，感謝一切的祝福，但是心中卻浮現出一陣酸楚。

在祝福聲之中，小梅看到了同樣被簇擁著的陳嬸，雖然跟自己一樣掛著笑臉，但卻讓人感覺有種疲態倦容。

這讓小梅想要把自己的不安告訴陳嬸，也談談陳嬸家的近況。

漁市的工作非常忙碌，對這些漁獲來說，新鮮就是一切，所以時間非常寶貴。

等到工作告一段落，天空也已經亮了。

小梅拖著疲憊的身軀，在市場中尋找著陳嬸的蹤跡，後來在漁市出口附近找到了她。

她雙眼無神，臉上的疲憊讓人感覺好像已經很多天沒有睡覺了。

小梅走到她身邊，與她一起坐在馬路旁。

「他變了，」陳嬸仍然愣愣地看著前方說：「感覺好陌生。」

陳嬸說完，低下頭去，嘴唇顫抖地流下淚來。

這是在人前無法表現出來的悲哀，只有在同樣是受難家屬的小梅面前才敢流露出來的情緒。

這讓小梅大吃一驚。

記得兩年前，當萬洋號沉沒的消息傳到船員家屬耳中時，陳嬸是當中最堅強的。

她不但安慰其他船員的家屬，還照顧像小梅這種突然失去經濟支柱的遺孀們，找到工作可以自立自強。

想不到會在這樣的情況下崩潰。

人就是這麼奇妙的動物。

明明前一分鐘，自己也想要跟陳嬸分享這不安的心情。

但是看到陳嬸的脆弱，反而讓小梅堅強起來。

「這應該只是後遺症，」小梅拍著陳嬸的肩膀說：『別擔心，一切都會過去的。」

這些話，不只是對陳嬸說，也是小梅對不安的自己說的。

4

然而，情況並沒有因此好轉。

第二天，當小梅到了漁市時，才知道事態嚴重。

才剛到漁市，小梅就看到漁市的一角，聚集了許多攤商在討論。

「小梅來了，」其中一個太太指著小梅說：「問她就知道了。」

小梅還一頭霧水，就被大家簇擁到中央。

「小梅，妳聽說了嗎？」另外一位太太告訴一臉茫然的小梅，「陳嬸他們家出大事了！」

「啊？」

「昨天半夜，陳嬸她瘋了。」

「啊？」小梅訝異地張大了嘴。

「她昨晚全身是血，手拿著菜刀跑進警局報案，一直反覆說著什麼她老公不是人之類的話。」

說到這裡，所有人就好像訓練有素的交響樂團般，在指揮棒的指揮之下，噤聲不語。

「妳老公，」宛如指揮家般的女子問小梅，「沒事吧？」

小梅不解地搖了搖頭。

雖然對自己老公那陌生的感覺仍然揮之不去，但是似乎也不到這樣的地步，想不到陳嬸竟然會精神崩潰。

前天深夜，派出所還為了這艘失蹤兩年，突然歸港的萬洋號，協助海巡署蒐集一些資料，忙碌了一天一夜。

事情還沒忙完，隔天陳嬸就渾身是血，拿著菜刀走入了派出所。

她雙眼充滿驚恐，渾身顫抖不已，嘴裡唸唸有詞，精神狀態極度不穩定。

派出所的員警全部都嚇傻了，連哄帶騙地讓陳嬸放下手中的菜刀。

陳嬸告訴員警們，她親手殺死了自己的老公，並且聲稱，這個失蹤兩年好不容易平安歸來的男人，並不是自己的老公。

員警們見狀，立刻派人到陳嬸家中查看。

然而，陳嬸的老公卻好端端地坐在家中客廳，正在猶豫著要不要報警。

陳嬸的老公告訴警方，陳嬸從他回來之後，精神狀況就一直非常不穩定，常常一個人自言自語，不然就是一直歇斯底里。

當天下午，陳嬸從漁市回來之後，就一個人一直待在廚房裡面。

原本以為陳嬸是在準備晚餐，可是直至晚餐時間都已經過了，她都還沒有離開廚房的意思。

當陳嬸的老公感到納悶，走進廚房時，才看到陳嬸身上已經全身是血，拿著刀子剁著空無一物的砧板。

陳嬸的老公開口叫了陳嬸一聲，陳嬸轉過身來，見到他竟然高舉著菜刀衝了過來。

陳嬸的老公見狀，立刻轉身逃跑，而陳嬸就這樣拿著菜刀衝出門外，不知道跑到哪裡去了。

所以當警察來的時候，陳嬸的老公正在猶豫著要不要打電話報警。

經過檢驗，陳嬸身上的血是魚血，並不是人的血液。

因此最後在陳嬸丈夫的同意下，他們將陳嬸送到醫院。

經過醫師診斷，證實陳嬸的精神狀況出了問題。

小梅得知消息之後，很懊悔自己前一天沒有好好安慰陳嬸。

而在場所有人，包括小梅在內，都想不到陳嬸的事件，只不過是一個開端。

不久，萬洋號六名生還的船員家中，紛紛傳出類似的意外。

## 5

夜晚，一場恐怖的惡夢讓小梅從睡夢中驚醒。

雖然已經忘記了夢的內容，但是殘留在身上的，卻是杯弓蛇影的恐懼。

小梅轉過身，床的另外一頭，應該躺著阿盛的位置，此刻卻空無一人。

小梅覺得奇怪，畢竟這幾天，阿盛都是一躺下去，立刻就睡得跟死去一樣。

反而是小梅這幾天常常失眠，看著這熟悉卻陌生的老公，難以入眠。

這兩三天一來因為漁市忙碌，另一方面又接二連三傳來萬洋號其他船員家屬的噩耗，讓身心俱疲的小梅，早早陷入沉睡。

但是現在老公阿盛卻反而不見蹤影。

看了看時間，已經是凌晨兩點多了，阿盛會跑到哪去呢？

好奇的小梅下了床，簡單披了件外衣，離開臥室去找阿盛。

才剛走出臥室，就聽到一種奇怪的聲音。

那聲音從廚房傳來，聽起來很像是水滴滴在地板上的聲音。

小梅循聲走到廚房門口，而阿盛就蹲在冰箱前，一口接著一口啃著從冰箱拿出來的鮮魚。

阿盛狼吞虎嚥地吃著那條還沒有烹飪過的鮮魚，嘴角流出來的唾液伴隨著魚的血液不停流到下巴，然後滴到地板上。

「阿盛……」看到這驚人的景象，讓小梅的聲音有點顫抖。

阿盛聽到小梅的聲音，停下啃食的動作，頓了一下，然後緩緩轉過頭來。

小梅一看到阿盛的臉，立刻倒抽一口氣。

只見阿盛此刻的臉龐浮腫，兩顆眼珠潰爛，流出白膿的濁液，臉頰與四肢的皮膚亦是如此，潰爛且流著白色的濁液。

阿盛站起身來，轉過來對著小梅。

小梅尖叫幾聲，不自覺直向後退，一直退到了門口，這時背部無預期地撞上了不明物體。

小梅猛一回頭，一個陌生男人不知道什麼時候已經打開了小梅家的門，就站在她的身後。

那男人骨瘦如柴，雙眼凹陷卻炯炯有神。

他向小梅出示了證件，小梅定睛一看，證件告訴小梅，眼前這個看起來更像是罪犯的男子，是個道道地地的警察。

「很遺憾，妳老公早就已經死於船難了。」那人毫無任何情緒起伏地說：「這只是借屍還魂的水鬼而已。」

聽到那人這麼說，小梅張大了嘴，不知道該怎麼回應，而從男人身後又出現了幾名男子，穿著正式的員警服裝，護送著小梅步出家門。

男子收好證件，雙眼凝視著剛走出廚房的阿盛，緩緩搖了搖頭。

這個前來幫助小梅的男子不是別人，正是方正特別行動小組中第三小組的組長——鄭棠火。

在方正特別行動小組的四個組長中，其他三組的組長，都有在警界安身立命的能力。楓可以冷靜面對各種情況，善用資源，並且具有四人之中最好的判斷能力。

而小琳那執著萬分的辦案能力，更是警界無人不知、無人不曉。

就連阿山也常常有出人意表的表現，不按牌理出牌的他，總是可以立下奇功。

相對於另外三人，阿火有的絕大多數都是負面的評價，更遑論他那比罪犯更危險、更無法自我控制的人格。

然而，面對這種惡靈作祟的案件，最出色的人或許就要算是阿火了。

本身就擁有一堆鬼魂寄居在身上的阿火，當然也最了解所有鬼魂的習性。

所以就處理這種事情來說，阿火小組的經驗與能力，是四大小組中最強悍的。

奉命前來這裡協助辦案的阿火，很快就從其他寄居在自己體內的靈體得知，這起案件背後的真凶就是六個水鬼。

這些水鬼應該是抓交替沒抓成，又懷念陸地上的生活，所以利用了這些船難沉入海底的屍體，借屍還魂回到陸地生活。

# 6

阿盛朝阿火走過來，阿火轉過身去，走出大門。

阿火前腳剛踏出去，四名隊員立刻出現在大門邊，朝房子裡面投入一顆顆閃光彈。

一陣悶響的同時，窗戶閃出耀眼的光芒。

港口邊，在阿火的調度下，阿火小組的成員，已經在這裡來回忙碌著。

阿火站在高點，看著隊員們的行動。

遠處，一隊又一隊的隊員，正押解著六個人朝港口來。

六組人馬，將六名萬洋號船員全部聚集到了港口。

六人一到定位，阿火揮了揮手，一盞接著一盞的聚光燈，將深夜的港口照得燈火通明。

光芒幾乎包圍了六人，只剩下面對海的一端有個缺口。

阿火的隊員們排成一排，手上都拿著擴音器。

擴音器同時發出聲音，播放的是阿火在行動前從著名廟宇求來的咒語。

這六人幾乎同時被這些咒文聲震到跳起，在咒語的包圍下，六隻佔據肉體的水鬼十分畏光，全都擠在中央不敢出來。

其中一個水鬼，比了比那個朝向海邊的缺口之後，朝缺口處跑了過去。

其他五個見狀，也跟著跑過去。

六人就在光束與咒語的包圍下，半刻也不敢停留，一到了港邊，紛紛朝海中一躍。

就在六人朝海裡跳的同時，岸邊的水面上，突然浮起了一張網。

這是阿火要隊員們提前在岸邊裝上的，目的就是不讓這些水鬼把六人的身體又帶回水中。

果然這六人彷彿網中之魚般，都被留在網上。

而六條水鬼一碰到水，立刻溜得無影無蹤。

隊員們將六人的肉體打撈起來，只見六具屍體早就已經浮腫潰爛，死亡多時。

回收了六具屍體之後，下面的副隊長阿仁，對著阿火揮了揮手，示意搞定了。

阿火也揮了揮手，要副隊長收隊。

就在副隊長轉過去指揮隊員的同時，一陣黑影朝阿火而來，阿火注意力一直放在港口，渾然不覺這無聲無息的黑影。

黑影直直撞上阿火，阿火也立刻感覺到。

阿火緊皺眉頭、冷汗直流，這種感覺並不陌生。

同樣的劇情，幾乎每隔一段時間就會上演。

然而，並不是每個撞上阿火的靈體，都可以順利留下來。

尤其現在寄居在阿火體內的靈體，數量不但龐大，其中更不乏威力強大的凶靈。

一般的遊魂根本沒有足夠的力量可以滯留在阿火體內，所以阿火大概感覺到一陣不適之後，很快就會看見那些力量不夠的靈體被驅趕出來的情景。

然而，這次不一樣的是，體內靈體的騷動很快就平息了。

而那靈體，卻沒有被趕出來。

阿火喘著氣，吞了口口水，然後嘆了口氣。

「沒事吧？」

副隊長走上前來，想要向阿火報告事情都處理好了，卻看到阿火痛苦的表情，所以擔心地問道。

阿火搖了搖頭，淡淡地說：「沒事。」

副隊長阿仁是方正特別挑選給阿火的，他非常了解阿火的情形，也知道阿火這模樣肯定是又有靈體闖入了。

「你留下幾個弟兄，」阿火仰著頭說：「大隊長有說，處理完之後，就要立刻回去支援小琳那一組。」

阿火說的正是當時小琳在處理的「飛頭鬼火案」。

「是。」阿仁答道。

阿仁立刻離開去分配工作。

阿仁一離開，阿火隨即揉著自己的胸口，讓他覺得奇怪的是，那個靈體明明已經滯留在體內，為什麼自己卻感覺不到那個靈體的存在？

# 第2章．阿山的絕招

## 1

「你先在這邊等一下，我進去查查看你被分派到哪裡。」

帶著新人進來的，正是在佳萱學妹屍變案件中表現英勇，順利晉升成為第四小組，也正是阿山小組副隊長的阿勇。

「是、是！」

而跟在阿勇身後，既興奮又期待的阿進，則是阿勇以前警隊裡的小學弟。

因為同樣擁有陰陽眼，在警界服務滿三年，有了一些實務經驗後，阿進終於在今天有幸被引薦到方正特別行動小組。

阿勇離開後，阿進聽命坐在服務台旁邊的休息區等待，絲毫不敢隨意走動。

這裡就連門口服務台都跟其他分局不一樣，畢竟這裡接受的不是一般民眾的報案，而是負責協助各地方分局，甚至直接跟警政署聯繫的，當然要夠氣派，要高級一點。

感受著這氛圍，阿進不禁興奮地在腦中揣摩自己在方正特別行動小組底下出任務的模樣。

他閉上眼睛，表情嚴肅，靜默了一會之後，倏地撐大了眼，將手放到腰際，凝視四周。

盆栽有動靜！

阿進從腰際抽出自己的右手，左手則架著比成槍形狀的右手，瞄準了盆栽。

綠葉附近，一個小小的黑點動了起來，慢慢地靠向阿進，最後停在阿進高舉的右手上。

啪！

阿進用迅雷不及掩耳的速度移動左手，朝自己右手上的黑點拍了下去。

移開左手，翻開來一看，阿進露出了得意的笑容。

哼，不過區區一隻蚊子，竟然敢在方正特別行動小組的新秀面前撒野！

阿進將手上的蚊子屍體拍掉，舉起右手做吹槍口的動作。

就在這時候，大門突然開啟，一群人走了進來。

這些人十之八九是方正特別行動小組的前輩，阿進立刻起身，立正行禮。

「呼——好悶，終於可以脫掉了。」

只見走在最前面的女警，一進門就立刻摘下口罩，脫去不是很合身的大衣，大大喘了一口氣。

阿進的目光立刻被這位美女員警給吸引，張大了嘴想禮貌地問聲好，卻遲遲說不出話來。

這應該就是外傳美貌與智慧兼具，總是能夠冷靜又有條理地解決案件的第一小組隊長——

石婇楓。

「現在時間十點十三分，接下來十點三十分開完會之後要去問口供，十一點二十之前要結束問訊，前往員林調查傀儡屍案，順便查訪被害者家屬，然後再折回台中協助釐清上次案件的一些細節，下午兩點半從台中搭飛機前往花蓮勘察人肉串事件的案發現場，停留時間只有三十分鐘，之後要到宜蘭了解瞬間下在局部山區，引發溪水暴漲的紅雨，四點半要回到新北市見已故的劉老太太，五點要去警大演講，六點半要回台北去陳局長父親的喪禮露個面，七點要……」

跟在楓後面的隊員，一面看著記事本提醒今天的行程，一面隨著楓一起往總部裡面走去。

那隊員說話的速度已經相當快了，但在進到裡面之前，竟然還無法把一天的行程說完。

阿進心想，看樣子進到楓隊長的小組也很辛苦啊，雖然辛苦，但是能跟傳聞中的美女隊長共事，再怎麼艱辛他都能克服。

阿進再度閉上雙眼，想像自己跟在楓的身後，拿著記事本記錄案件的樣子。

「唉，就跟你說我現在很忙。」

一個聲音突然傳進阿進耳中，轉過頭去，一名留著俐落短髮的女警邊講電話，邊從外面直奔了進來。

「三個月？有那麼久啊？」女警突然在服務台前停了下來，「好啦，乖啦，等我忙完再跟你去看你之前說的那個什麼死人骨頭展的。」

說到這裡，一群員警氣喘吁吁地從外面追了進來，看到講電話的女警才鬆了口氣，各個一臉疲憊地站在她身後。

看女警不耐煩的樣子，以及她身後那群累得跟狗一樣的警員們，阿進更加肯定這位就是急躁又頑固，有「背後琳」之稱的第二小組隊長——嚴紓琳。

「啊？那個展期已經過很久了啊？是喔，那也沒辦法啦。再說吧。」小琳看了牆上的時鐘一眼，才又動起身來，朝總部裡快步走去。

而小琳的隊員們，才剛休息不到三十秒，又得立刻動起身來，跟了過去。

「記得不要打給我啊，如果我剛好在跟監，你打來害我被發現，我絕對不會放過你，到時候我就算死也會做鬼去找你算帳，聽到沒有？」小琳劈里啪啦地說，一直到身影沒入轉角的瞬間才丟下一句：「我有空再打給你，掰。」

到小琳隊長的組裡啊，阿進心想，自己應該也會跟剛剛那些跟在小琳身後的隊員們一樣，不停地奔跑，二十四小時跟監追案，累得上氣不接下氣吧。

但是這樣才酷不是嗎？

就好像特務或間諜一樣，自己隨時處於高度緊繃的狀態，這種感覺似乎也不錯。

小琳進去之後，阿進也跟著看了牆上的時鐘一眼，十點十七分，記得剛剛聽到楓身後的隊員說十點半要開會，會議內容該不會也包含了歡迎自己的加入吧？

阿進想像著四組隊長及方正迎接自己的樣子，不好意思地搔了搔頭。

「呵啊～哈啊～」

一個誇張的哈欠聲喚醒了正在作白日夢的阿進。

敞開的自動門走進了一個拖著腳步，看起來就像活死人一樣的男員警。

而這名男員警身後的幾個警員，卻是目前走進總部裡的眾多員警中，看起來最有精神的。

「累死我了，跟大隊長說我還沒回來，我先去瞇一下。」男警有氣無力地揮了揮手說。

「可是隊長，等下不是要開會嗎？」

走在最前頭的男警突然定格不動，後面的員警們見狀，全都面面相覷直盜汗。

此時阿進還在觀察，這位被喚作隊長的男警，想必就是「火山」其中之一。

「啊？」

這位隊長緩緩回過頭，瞇著眼睛對著後面的隊員們說：「你們誰假扮我去開一下會？」

雖然隊員們似乎早已有接到奇怪指令的心理準備，但聽到隊長這麼說，還是不免驚訝，一臉為難。

「呿，算了，一群酒肉朋友。」

隊長丟下一群他口中的「酒肉朋友」愣在原地，逕自走進去了。

而隊員們則彼此互看了幾眼，有的苦笑，有的搖頭，有的聳肩嘆氣，一會之後才紛紛往裡面走去。

看他亂用詞語，感覺懶散又無厘頭的樣子，阿進心中有了答案。

這應該是第四小組，也就是阿勇學長那一組的隊長——莊健山。

先前曾經聽阿勇學長說過阿山隊長的事蹟，雖然經常不按牌理出牌，但在阿山隊長底下做事，聽起來似乎還挺有趣的。

阿進回憶著阿勇說過的故事，不自覺噗哧一聲笑了出來。

如果能夠與認識的阿勇學長及逗趣的阿山隊長在同一小組，自己的警察生涯一定會充滿歡樂。

正當阿進笑得合不攏嘴的時候，自動門又緩緩開啟了。

走進來的是一個雙頰凹陷、樣貌頹喪，眼睛卻炯炯有神的男子。

這個人看起來實在不像警察，但流浪漢實在不應該出現在這邊，再說流浪漢也不會流露出那樣的神情。

阿進靈光一閃，這位該不會是……

男子走到阿進面前，停了下來，扭動脖子筋骨的聲音喀喀作響。

阿進突然感到膽顫心驚，緩緩抬起頭來，戰戰兢兢地看著眼前男子的側臉。

似乎感受到了阿進的目光，男子無預警地轉過頭來，與阿進四目相接。

這時的男子就好像變了一個人，與剛進門時迥異，面目猙獰，眼露凶光直瞪著阿進。

看到男子凶狠的樣子，阿進倒抽了一口氣，拚命往後退，只不過屁股才挪了一小段，背部就已經緊貼牆壁了。

男子的狠勁與殺氣，與其說他是警察，不如說是殺人不眨眼的連續殺人魔，相信的人還比較多。

正當阿進慌得不知該如何是好的時候，門口多了一群誠惶誠恐的員警，其中一名員警吞了吞口水，深呼吸後才率先走過來。

「那個……我們隊長十點半要開會，所以……」被派出來當代表的隊員伸出發抖的手，指了指牆上的時鐘。

男子一臉不悅地轉頭過去看時間，阿進雖然害怕，卻也跟著轉過去看。

十點二十四分，想不到這群隊員竟然怯懦地躲在旁邊至少有五分鐘之久，一直到現在只差六分鐘就要開會才不得已現身勸告。

看樣子這男人果然就是他，傳說中有多重人格，實際上卻是被大量靈體依附的第三小組隊長——鄭棠火。

阿火看完時間後，回瞪了阿進一眼，又讓阿進嚇出一身冷汗。

還好阿火沒有其他多餘的動作，瞪了阿進一眼後便轉頭往裡面走去。

後面的隊員們與阿火保持著安全距離，在阿火轉彎進去後，一夥人才跟了上去。

雖然能夠進到方正特別行動小組就已經沒什麼好要求的了，但阿進還是衷心希望自己不要被編進阿火的小組。

光是看到阿火驟變過後的樣子，阿進感覺自己寧可加入犯罪集團，成為他們的一員，也不想待在阿火的小組裡當什麼警察。

終於放鬆了心情，阿進這才發現，時鐘底下的服務櫃檯內，有一名負責接待的女警直盯著自己看。

這下可糗了，從剛剛進來後，不管是自己作白日夢，還是差點被阿火嚇得屁滾尿流的蠢樣，全都看在那女警的眼裡了。

女警對著終於發現她存在的阿進尷尬地笑了笑，阿進雖然禮貌性地苦笑回應，心裡卻是希望這裡如果能夠有個洞讓他鑽進去該有多好。

阿進有種欲哭無淚的感覺，這叫他以後怎麼抬頭挺胸在這裡繼續工作下去呢？

「喂，阿進，怎麼了？」

阿勇回到了垂頭喪氣的阿進身邊，拍了拍他的肩膀。

「沒、沒事。」阿進被喚醒，傻笑了一會後，又回復了精神，振奮地問：「請問我被指派到哪一組？」

阿勇對阿進笑著點點頭，說：「庶務組。」

## 2

飛頭鬼火案。

方正特別行動小組成立以來，最為棘手的一個案件。

事件不但牽扯到國內某間知名的企業，更驚動了警界高層。

想不到案件到了最後，有了大逆轉，就連副署長都被停職接受調查。

而方正特別行動小組的聲望，也更加水漲船高。

不過其中最大的變化，應該是在方正身上。

當時為了找尋小琳，方正回到了任凡的住所，尋求黃伯的協助，問到了鬼半仙的下落。

那時候任凡的住所，被眾多想要委託的鬼魂包圍，每個都在等待任凡的歸來。

而當這些鬼魂見到這個在黃泉界被稱為「黃泉偽託人」的方正，它們找到了另外一個歸宿。

在案件結束之後，真的有許多鬼魂，拿著黃伯所發出去的號碼牌，前來尋求方正的協助，希望方正可以接受它們的委託。

一向不擅長跟鬼魂打交道的方正，當然盡可能推拖，一直到其中一個鬼魂前來拜訪方正為止。

那隻鬼魂是個不過才七歲大的男童。

方正原本一直很排斥接受這些鬼魂的委託。

一方面除了是自己不擅長與鬼打交道之外，另一方面是基於對任凡的懷念。

他實在不想跟任凡搶生意，也沒有意思要跨足到任凡那一行。

但是，這個小男孩改變了方正的想法。

小男孩的委託非常簡單，就算是任凡也不可能推辭這樣的委託，當然只要這小男孩可以拿得出報酬來。

小男孩希望方正可以幫他找到自己的屍體，並且通知他的父母，將他安葬。

這種委託，讓方正完全無法拒絕。

就這樣，方正接受了小男孩的委託，也打開了方正特別行動小組另外一項業務的大門。

現在的方正特別行動小組，除了原本等待支援其他分局之外，也多了主動出擊的機會。

只要有鬼魂上門，牽扯到刑事案件的委託，方正都會接受，並且將這些案件分給底下的人，主動偵辦。

也因此，方正特別行動小組不僅在警界享有盛名，在黃泉界也慢慢打響了名號。

有別於任凡，任何鬼魂來找方正，都不需要準備報酬，唯一的條件是必須跟警察的相關事務有關。

但是並不是每個委託，都跟那個小男孩一樣好解決。

方正特別行動小組的成員，不可能只憑著鬼魂的片面之詞，就將殺害他們的人逮捕。案件所需要的證據，仍然需要員警與行動小組的成員們努力去蒐集。

在飛頭鬼火案之後的三個月，方正特別行動小組亂成一團，等待處理的案件堆積如山。

四大小組的隊員們無法休假，而人手不足的問題，也成為了方正特別行動小組的主要問題。

雖然憑方正的聲望，已經可以調派任何人手來協助，但是由於小組的特殊性，必須要有陰陽眼才能進入，所以擴編的進展並不順利。

而方正之所以會決定只遴選有陰陽眼的警員，除了方便行事，另一個原因則是來自烙印在他心中的一個慘痛經驗。

當初在成立特別行動小組時，方正便將一直跟在自己身邊，沒有陰陽眼的學弟阿宏也一併招攬進來。

豈知才剛進來沒多久，在一次案件中，阿宏竟然看見了鬼魂，也意外發現方正辦案的手法。

在無法接受鬼魂存在的事實，以及無法調適這種毫無科學根據的辦案下，阿宏精神狀況變得極不穩定，幾近崩潰，最後離開了警界。

不是怕自己的特殊辦案手法被拆穿，而是為了避免讓沒有陰陽眼的警員遭遇和阿宏一樣的不幸，方正自此下定決心，只延攬擁有陰陽眼的警員，絕不破例。

就在方正特別行動小組的成員們忙到不可開交、筋疲力盡的時候，一場毀滅性的災難，正悄悄拉開序幕。

## 3

沒想到好不容易進了夢寐以求的方正特別行動小組，竟然被分配到庶務組，這叫阿進回家怎麼跟親朋好友交代呢？

前兩天聽說自己將被調到方正特別行動小組，阿進還特地大張旗鼓，宴請了眾多親朋好友，告訴大家自己即將升遷的好消息。

因為對外不知道該怎麼介紹這個組織，非警界的人也不會知道被調到這裡來是多麼光榮的一件事，一時說不清的阿進，只好用簡單明瞭的升遷一由來慶祝。

現在可好啦，升遷之後都做些什麼？

原本期待的是更上一層的打擊犯罪，哪天電視報導了自己破解懸案立下功勞，屆時就可以在親朋好友面前好好炫耀一番了。

結果呢？

「喲，新來的啊？庶務組可是很忙的，你要早點習慣啊。」

「喔……」

「別這樣垂頭喪氣的嘛，我知道你們新人都很希望能夠進到那四組去工作，不過他們光鮮亮麗的背後，也少不了我們的努力啊。」

「嗯……」

「我先簡單跟你介紹一下我們的工作，首先，匯集、整理資料是我們最重要的一環，然後就是保養、維護這棟大樓，有什麼設備壞了要記得登記通報，再來就是採購跟設備資源使用登記，還有平時幫忙影印、跑腿、倒倒茶水。嗯，大致上就這樣吧，當然也常常會有一些額外的工作，像是真的欠缺人手，必要的時候也要支援各個單位。」

聽完庶務組學長說的話，阿進已經恍神了，這跟自己當初想像的實在差太多了！

什麼庶務組，就是打雜的嘛！

為什麼要特地找他來打雜呢？這些工作讓工讀生來做就可以了不是嗎？

「我就說吧，庶務組很忙的，希望你能早點習慣。」看到阿進發愣的模樣，學長還以為他被工作量嚇著了，好心地鼓勵他。

「是……」面對熱情的學長，阿進哭笑不得，頹喪地回答。

既然進到庶務組已是既定事實，阿進也只好乖乖做自己該做的事了。

泡好了茶水，阿進來到會議室門口。

他重重地嘆了口氣，將心情調適好之後，敲了敲門，進到會議室裡。

四小組的隊長與傳說中的白方正大隊長，以及特別行動小組的御用女法醫，六人齊聚一堂，還是不免讓阿進感到興奮不已。

阿進遞茶給方正時，崇拜的眼神表露無遺。

能夠如此近距離的看自己心目中的英雄，被分派到什麼職務似乎也不是那麼重要了。

接著，阿進依順時針方向，從靠近門邊的組長開始一一遞送茶水。

原本看到方正的好心情，在緊接著遞茶水給阿火的時候，阿進又悲從中來了。

即使四小組中，他最不希望的就是被分派到阿火的小隊裡，但現在他寧可被分到阿火小隊，也好過在庶務組打雜呀！

感覺自己做的好像是特別行動小組裡最低賤的職務，這讓阿進感到哀傷。

此時，四位隊長正一一回報自己處理案件的進度，而阿進則完全無心聽他們說話的內容，只顧著自憐自哀。

當四名隊長報告完之後，會議室的氣氛瞬間變得冰冷，阿進則因為想到不能跟阿勇學長與阿山隊長一起打拚，也跟著無法保持笑容。

「我們已經連續三個月完全沒有休假，而且幾乎二十四小時無休，大家體力都已經到極限了。」佳萱掃視了眾人一眼，對方正說。

每個人臉上都掛著明顯的倦容，就連平常精力十足的小琳也不例外，而楓的皮膚白皙，更襯托出眼下層層的黑眼圈。

「可是我們手上的案子還有……」方正雖然很能體會大家的辛勞，但看了看手邊堆積如山的案件，實在也很為難。

「像那種被灌漿丟進黃金海岸的屍體可以晚點打撈吧？」佳萱沒好氣地說：「都已經沉到海裡五年了，再多待個幾天有差嗎？」

方正看了底下的四名隊長一眼，眾人都不做反應。

只有最期待與楓隊長同進退的阿進，在遞茶水給楓的時候，輕嘆了一口氣，感慨到想乾脆回到原單位去算了。

「我們現在不只有協助其他分局辦案，還接了鬼魂們的委託，工作量瞬間倍增。」佳萱繼續說道：「你要知道事情是有輕重緩急的，它們是鬼不會累，我們是人，我們需要休息。那邊的委託可以暫緩，尤其是那種已經拖過十幾年的案子，不差這一時，當務之急是先讓大家好好休息一下，否則到時候如果大家都累倒了，不管哪邊的案子都別想辦了。」

佳萱說得有理，方正也只能低著頭，沒有反駁的餘地。

「你看小琳跟她男朋友都三個月沒見面了，如果他們因為這樣分手，看你要怎麼賠償他們的姻緣。」佳萱用責備的眼神看著方正說。

方正一臉苦惱，皺著眉頭，沉吟了一會才說：「好吧，我知道了，楓跟小琳，妳們兩個從明天開始先輪休吧。」

看到方正煩惱的樣子，小琳第一個跳出來說話：「沒關係，不要說三個月，我三年不跟他見面都無所謂！如果因為這樣就跟我分手，那種男人不要也罷！我可以繼續辦案，不用休息。」

小琳突然站起來，嚇了遞茶水給她，實則正在神遊的阿進一跳，差點把熱茶整個灑在小琳身上。

「啊，抱歉、抱歉。」

「沒關係、沒關係，我才不好意思。」

兩人彼此互道失禮，然而無法跟小琳隊長一起拚死命辦案，才是真正讓阿進介意的事情。

「這樣啊……」方正話還沒說完，眼角餘光卻瞥見佳萱正用銳利的眼神瞪著自己，趕緊改口：「不，我是說，這是命令，妳們兩個先輪休，之後再換阿山跟阿火休假，不得有異議。」

既然是命令，其實精神跟體力已經快到極限的小琳，也就沒什麼好說的了。

而楓與阿火也沒有意見，阿山則是樂得笑咪咪，顯然已經期待放假很久了。

佳萱滿意地點了點頭，突然臉色一沉，對著方正問道：「對了，解剖室一直都只有我一個，真的已經忙不過來了，你知道一天至少要開五十個胸膛有多累嗎？」

方正苦著一張臉，用求救的眼神看著四名小隊長，只可惜大夥都愛莫能助。

「突然間我覺得自己好像個屠夫一樣，肢解到我的手都快抬不起來了。」佳萱舉起自己顫抖的雙手繼續說：「你看，稍微舉高一點就在發抖了。我先前已經跟你討論過這個問題，你不是有說要幫我找個助手嗎？都快要兩個月了，人呢？」

「啊！」方正好像想到了什麼，突然張大了嘴，指著正在遞茶水給佳萱的阿進說：「你，就是你。」

「嗯？」阿進一臉莫名地抬起頭來，腦中充滿了問號看著方正。

「你是剛進來的那個新人吧？我有看過你的資料，我記得你好像有讀過半年的醫學系吧？」方正直指著阿進說：「就你了，從現在開始，你就到解剖室去當佳萱的助理。」

「啊？」阿進瞪大了雙眼，完全不敢置信。

才剛被編到庶務組，開始做來這裡的第一份工作——倒茶水，竟然就又立刻被調到解剖室？

重點是那種地方，不但不能跟四位隊長並肩作戰，還得整天與屍體為伍，這豈不是比庶務組更慘嗎？

原來被編進庶務組是如此幸運的一件事，這一刻阿進才深深體會到。

「要找到這樣的人才可不容易，有幾個警察學過醫而且還有陰陽眼的？讓他當妳的助手最合適了。」方正笑著對佳萱說。

佳萱看了阿進半晌，才緩緩地點頭說：「好。」

好什麼！

阿進不禁在心中吶喊，自己就是因為看得到鬼，發現醫院對他來說實在太可怕，還有一些課程也太過血腥，才會只讀半年就放棄了。

現在竟然要他到解剖室去工作？

早知如此，不如當初熬過七年，自己出來開家小兒科，看看小孩的感冒還好得多。

人事問題都已經解決了，眾人沒有理會一旁懊悔不已的阿進，繼續開會。

「好，現在進入正題，前幾天發生的辦公室喋血案，相信你們都已經看過手上的資料了。」方正拿起桌上的牛皮紙袋晃了晃說：「楓跟小琳接下來休假，所以阿山、阿火，你們兩個誰可以接這個案子？」

話才剛說完，方正轉頭看向阿山與阿火。

原本還因為接下來可以輪休而笑容滿面的阿山，在方正說完話的瞬間，卻發出了相當不尋常的鼾聲。

竟然來這招，裝睡……

所有人全都白眼瞪著阿山。

阿火嘆了口氣之後，只好緩緩舉起手來，自願接下這個案子。

會議結束後，阿山朝早一步離開的阿火追了上去。

「欸，兄弟，不好意思啦，我手上還有五個案子。」阿山說著，用手肘頂了一下阿火問：「你不會介意吧？」

阿火了解阿山的個性，笑著搖搖頭回應。

「真不愧是我的好兄弟，等輪到我們休假的時候再一起去喝一杯，我請客！」阿山拍著胸脯說。

然而此刻，兩人沒有預料到的是，阿山要兌現自己說過的這句話，將會有多麼困難。

## 4

阿山拖著疲憊的身子，來到了五樓。

由於方正特別行動小組的性質特殊，接到的案件往往都比較緊急，所以隊員常常不眠不休地奔波。

為此，方正特別為這些勞碌的隊員們準備了相當舒適的休息室，提供隊員們任務之餘，可以好好放鬆紓壓。

阿山挑了一張床之後，才爬上床便立刻昏睡過去。

感覺也睡沒多久，就被人搖醒。

阿山嘖了一聲，坐起身，勉強撐開眼皮，瞇著眼看著那個搖醒他的人。

搖醒他的不是別人，正是自己小隊的副隊長阿勇。

「隊長，」阿勇報告，「剛剛分局來電，分屍案的兇嫌已經落網了。」

阿山哀號一聲，然後又躺了下去，過了一會才不甘不願地起床。

阿山扭了扭脖子，一臉不悅地揮揮手，與副隊長阿勇一起前往負責分屍案的分局。

而分局的警員們早已引頸期盼著阿山等人的到來。

由於這個分局並不是第一次尋求方正特別行動小組的支援，因此大家雖然期待，但不至於太瘋狂。

終於，阿山帶著阿勇與他的死黨阿強，出現在分局門口。

一如往常，分局長領著阿山等人就往裡面的偵訊室走去。

就在這短短的一條走廊上，阿山三人像是動物園裡的珍禽異獸，受到眾員警們的矚目。

平時算是四大隊長中，最平易近人的阿山，今天因為起床氣未消，實在沒有心情理會其他人。

其中有幾個比較不會看人臉色的白目員警，想過來跟阿山打招呼，卻被阿山用惡狠狠的眼神瞪了回去。

害得阿勇與阿強只能在後面幫阿山擦屁股，直向被嚇呆的員警說抱歉。

留下阿勇與阿強，阿山獨自一人進到偵訊室裡。

從偵訊室的門被重重甩上，一進來就一臉殺氣地瞪著嫌犯，直到坐下來為止，不難看出阿山此刻的心情有多麼不爽。

然而警察耍狠，身為兇嫌也早有心理準備，絕對不會被這樣的氣勢嚇倒。

更何況眼前這名嫌犯有著大大小小的前科，跑警局是家常便飯，這種場面對他而言也早已司空見慣。

「你知道，」阿山把上半身往前傾，一臉不爽地說：「一天只睡一個小時是什麼滋味嗎？」

「啊？」

不如嫌犯心理預期，渾然不知這是哪門子的問訊。

在還不確定眼前的警察葫蘆裡賣的是什麼藥之前，嫌犯只好聳聳肩作為回應。

阿山打了個哈欠，眼角還含著剛擠出來的淚水，臨時隨便翻了一下放在桌上的嫌犯檔案。

才看第一頁，阿山就突然震怒，將檔案資料往桌上用力一丟，拍桌起身。

「你媽的！我奉公守法地活著，不但要準時上班，還得為你這種歹徒加班，錢怎麼都賺得沒你們這些人多？」

身為詐欺慣犯，又靠著炒房地產海撈一筆，如今還是殺了人的嫌犯，先是被阿山突如其來的暴怒嚇了一跳，身體微微震了一下，接著又因為阿山說的這一番話而愣住了。

不曉得這警察的重點到底是針對犯罪行為的不滿，還是在抱怨加班，又或者是嫌自己的薪水太少。

「一句話，你認還是不認？」不給嫌犯太多機會思考回應，阿山臭著一張臉問。

這問題問得直接，嫌犯立刻回過神來，理直氣壯地答道：「就說不是我做的，要認什麼？你們不是什麼直接證據都沒找到嗎？」

「都跟你說一句話了還廢話那麼多，直接說不認就好了嘛，浪費我的睡眠時間。」阿山一邊嘀咕抱怨，一邊走到嫌犯旁邊。

「這是你自找的，別怪我沒給你機會喔。」

阿山拿起手銬，將自己與嫌犯銬在一起，帶著嫌犯走到偵訊室門口。

嫌犯雖然感到莫名其妙，有些驚慌，但被銬在一起了，也只能乖乖跟著阿山走。

「我勸你最好還是認了吧，我實在不想用這一招。」阿山對著嫌犯嘆了口氣說。

「你不用說了，不是我幹的，我不可能認罪。」

睡眠不足，血壓正低的阿山，實在沒那閒情逸致跟這嫌犯慢慢耗。

阿山走出偵訊室，對阿勇使了個眼色後，便拉著嫌犯往分局外走。

阿勇會意過來，表情嚴肅地對著阿山的背影行禮。

接著阿勇便從身後的背包裡，拿出了一只不透明的塑膠袋，隨後也跟著阿山走出了分局。

來到分局門口，阿勇拿出裝在塑膠袋裡的大紅外套，戰戰兢兢地遞給阿山。

阿山才剛接過紅外套，阿勇便頭也不回的，立刻衝回分局裡面。

眼看阿山披上了紅外套又繼續拖著嫌犯走，不一會已經看不到兩人的背影了。

不曾見過阿山這樣問訊的分局員警們，又想起了阿山今天心情似乎不太好，正在猶豫要不要跟上去，想要回頭問問阿山的組員。

只見阿勇與阿強的臉色一片慘白，兩人不但拿出了護身符緊緊握著，還分別躲到柱子後面及桌子底下。

「怎麼了？」分局員警納悶地問。

「快點找地方掩蔽一下！」

「啊？」

就在分局員警們還搞不清楚狀況時，外面突然傳來極為刺耳的尖銳聲響。

那聲音聽起來就好像有車子緊急煞車。

尖銳聲響過後，又是一陣沉悶的巨響。

「砰」的一聲，緊接著尖叫聲此起彼落。

所有人都被這突如其來的聲響嚇到驚叫連連。

在混亂的尖叫聲中，一陣劇烈的爆炸聲響就像是對著眾人咆哮的獅吼般，震耳欲聾。

就連整座大樓都跟著搖晃起來，路邊汽車的警報器也不斷發出惱人的噪音。

「這、這是發生什麼事了？」過了一會，似乎不再有恐怖警訊聲發出，一名分局員警才愣愣地問。

「真不好意思，剛剛忘記先通知你們，阿山隊長決定用他的絕招了。」阿勇一邊解釋，一邊還心有餘悸地按著自己的胸口。

究竟是什麼絕招這麼可怕？

分局員警還沒問出口，就看見阿勇與阿強跑了出去。

回過神的分局員警們見狀，也跟著衝出警局。

映入眼簾的竟是滿目瘡痍的街景。

「這、這到底是……」

即使剛剛已經問過，分局員警還是忍不住大吃一驚。

難不成方正特別行動小組裡還有人會使用超能力？

極度的恐懼感，讓分局裡沒見過大場面的菜鳥警員嚇得腿軟，靠著牆滑坐在地。

只見警局前面一片混亂，彷彿剛剛經歷過一場大戰。

對面的大樓下，一輛轎車撞入騎樓中，車子則被大火吞噬了。

另一處的騎樓外，則有一整片掉落下來的招牌，就砸在慢車道上。

而人行道上的消防栓也被撞倒，正噴出兩層樓高的水柱。

路邊的電箱也被撞凹了一個洞，冒出一陣陣閃爍的火花。

這路段的交通瞬間大打結，雙向道路的兩邊末端不斷傳來喇叭聲。

許多民眾在地上爬行，似乎是被眼前這景象嚇得抬不起腿來。

不只有小孩嚎啕大哭，就連大人都不乏被嚇到癱在路邊抱頭痛哭的。

整條馬路，愣的愣，驚的驚，哭的哭，慌的慌。

全部的人都亂成了一團，甚至定在原地不敢亂動，有的連自己原本要做什麼都忘得一乾二淨，沒有人知道現在該如何是好。

遠處，只有一個男人，拖著另一個男人，狼狽地往分局的方向過來。

這個一臉驚恐，但卻已經是所有人中最處變不驚的男人，正是始作俑者阿山。

所有員警都張大了嘴，對阿山行注目禮。

而此刻的阿山已經沒有穿著剛剛離開前披上的那件大紅外套。

「呵呵……認……我認……什麼都認……呵……呵呵。」

阿山好不容易將嚇到尿失禁、語無倫次的嫌犯拖回來。

想不到嫌犯一到分局門口，還來不及在筆錄上簽名，就先昏了過去。

還以為嫌犯是在剛剛混亂的場面中受了傷才會暈過去，分局副局長急得跑過去查看傷勢。

但令人難以置信的是，阿山與嫌犯兩人都毫髮無傷。

突然想到什麼似的，副局長仔細看了看眼前的街道。

副局長意外發現，場面雖然怵目驚心，但卻沒有見到任何人傷亡。

在副局長冷靜下來，忙著指揮分局員警們處理善後的同時，阿勇也幫阿山解開了與嫌犯銬在一起的手銬。

阿山坐在分局門口，愣愣地看著街道上手忙腳亂的眾人，緩緩地說：「如果他醒來後，還敢改口不認、不簽名，你們就跟他說，我會再帶他出來逛逛。」

此話一出，不要說清醒後的嫌犯可能會再度昏厥，就連整個分局從上到下也全都嚇傻了。

即使跪求嫌犯認罪，他們也不想再讓阿山用絕招了。

「好啦，收隊。」阿山率著阿勇跟阿強，丟下錯愕的分局員警們及一堆爛攤子，揚長而去。

「這一次，誰敢在我沒睡足三小時前叫我，我就跟誰拚命！」回總部的途中，阿山不忘對吵醒自己的阿勇撂下狠話。

「是。」阿勇唯唯諾諾地說：「但是……那個隊長，你用了這招，大隊長交代過，你只要用這招就得寫報告。」

「知道啦，煩死了。」阿山臉上的表情又更臭了。

「那這報告怎麼寫？」

「四個字。」阿山揮了揮手說：「睡眠不足，對方又死不認罪，灰熊美送（非常不爽），所以開大絕。」

「隊長，這不止四個字喔。」

「你也想跟我銬在一起嗎？」

一聽到阿山這麼說，阿勇完全不敢恭維，嚇得直搖頭。

負責開車的阿強，手中的方向盤也差點嚇得滑出去。

這絕招一個不小心可是真的會出人命，不是能夠拿來隨便開玩笑的。

終於平安回到特別行動小組。

阿山不管三七二十一，立刻直搗五樓休息室睡回籠覺。

而寫報告的事，阿勇不敢也不需要多問，依照慣例，當然是落在自己身上了。

# 第3章．交火

## 1

走在街頭，阿麥感覺到腳步異常輕鬆。

夕陽西斜，而她卻像陽光般耀眼，所有男人的眼光都被她勾住。

不管是路過的行人也好，甚至是在路邊等待紅綠燈的車上駕駛也好，幾乎所有男人的目光都隨著阿麥的腳步移動。

阿麥就好像個從來沒有來過都市的女孩般，對周遭的所有事物，都投以好奇的眼光。街頭的一切，彷彿停止了一般。

整座城市，似乎也在呼應著她的一舉一動。

就在所有人都注意著阿麥的同時，一群人快速地穿過人群，朝阿麥衝了過去。

阿麥毫不在乎，對於這群人的行動，她早就知道了，但是卻仍然自顧自地看著眼前這五光十色、絢麗奪目的城市。

跟在阿麥身後的這群人，彷彿訓練有素的狼群，快速包圍了阿麥，並且掏出槍來指著她。

「別動！」其中一個人對阿麥叫道：「我們是警察！」

這一聲彷彿撼動了整個街頭，讓所有人的目光有了另一個新的焦點。

這緊張的一幕，讓所有人驚慌了起來。

帶著小孩的家長們，拉著小孩快步遠離這彷彿隨時都會陷入槍林彈雨的場合。

其他路人也紛紛走避，只剩下一些還被阿麥迷住的男人，仍然愣愣地看著阿麥。

在這一片混亂之中，阿麥文風不動，只在嘴角緩緩露出了一抹邪邪的微笑。

剛剛那個出聲的警員，見阿麥完全不動，點了一下頭，示意後面的警員進行逮捕。

後面那個警員，戰戰兢兢地拿出了手銬，緩緩靠近阿麥。

那模樣彷彿阿麥身上揹著足以炸毀整個街頭的炸彈般，一步又一步小心翼翼地從她身後靠近。

或許是受到了員警這戰戰兢兢的模樣影響，整個街頭的人都感染到不安的氣息，全都屏住氣息看著這邊的一舉一動。

極度不協調的緊張氣氛，籠罩了整個街頭。

究竟眼前這個年輕的女子，是犯下了什麼樣的滔天大罪，竟然會讓警方如此慎重其事地將其逮捕呢？

而這女子究竟有多危險，讓警方在逮捕的時候，如此膽顫心驚呢？

類似這樣的問題，不但浮現在所有路人的心中，更展現在他們的臉上。

員警在這樣充滿疑惑的目光之下，走到了阿麥身後，將阿麥銬上。

在手銬發出清脆聲響之後，所有人不約而同地鬆了一口氣。

一旁的街道響起了刺耳的警笛聲，一輛警車快速疾駛而來，警員們熟練地將阿麥押入警車。

這時所有人才彷彿大夢初醒，拿起手機想要拍攝這宛如天仙的阿麥，也順便拍下這難得一見的警匪對峙場面。

一些人還以為在拍電影，美麗的女演員加上逼真的警力資源，只是不管大家怎麼找，就是找不到劇組人員與燈光道具之類的東西。

由於大批警力包圍一名弱女子，造成不少民眾的不良觀感，拿出相機拍攝的目的，是為了看看警方有沒有執法過當的人也不在少數。

可是為時已晚，訓練有素的員警護送著警車離開，還給街道一片寧靜，只剩下措手不及的路人，痴痴地望著警車遠去。

遠處一直注視著逮捕犯人過程的阿火，則是策動這次行動的指揮官。

但是他對這樣的結果，心中卻存在著莫名的不安。

因為阿火非常清楚，阿麥之所以被員警如此安靜地逮捕，不是因為阿火的調度得當，而是她自己不想抵抗。

畢竟，如果真的跟阿火身上寄居的那些靈魂說的一樣，這女人說不定會是自己當警察以來，最為棘手的對象。

## 2

休息室裡面一片漆黑。

沉重又穩定的鼾聲如雷貫耳，才剛進門就傳入阿仁的耳中。

身為阿火小組的副隊長，此刻阿仁想找的，卻不是自己的隊長阿火，而是這個如雷鼾聲的主人，阿山。

阿仁循著鼾聲，來到了阿山就寢的床邊。

他猶豫了一會之後，伸手推了推阿山。

阿山揮開了阿仁的手，轉身繼續呼呼大睡。

阿仁無奈，只好再推更大力一點。

這一次阿山雖然揮了幾下，但最後仍然被阿仁搖醒，一臉不悅地坐了起來。

阿山語帶威脅地啐道：「我不是說過，誰要是在三小時內把我吵醒，我一定跟他翻臉！」

「對不起，」阿仁苦著臉說：「阿山隊長，我不知道你下過這樣的命令。」

阿山聽到之後，努力擠開沉重的眼皮，看了看這個把他吵醒的傢伙。

「喔，是你啊。」阿山無奈地搔了搔頭說：「怎麼啦？」

「有件事情，我不知道該怎麼處理，所以來找你商量一下。」阿仁一臉沉重地說。

「嗯，怎樣？」

「就是關於阿火隊長的事情。」

「喔？」

「你不是交代過我，要幫你留意一下阿火隊長嗎？」

阿山點了點頭。

畢竟阿山是整個方正特別行動小組之中，最了解阿火狀況的人。

不過因為兩人分成兩組，所以阿山沒辦法隨時都在阿火身邊注意他的一舉一動。

因此當阿火的小組成立之後，阿山特別交代過阿仁，如果阿火有什麼狀況，一定要告知他。

「大隊長也交代過，阿火隊長一有異常一定要立刻跟他報告。」阿仁皺著眉頭說：「可是，該怎麼說呢……這次阿火隊長的情況不太一樣。」

阿山挑眉看著阿仁。

「你還記得三個月前我們去辦的那件幽靈船案嗎？」阿仁問道。

「喔？」阿山皺著眉頭想了一會，一臉不敢置信地說：「那才三個月前啊？天啊，現在真的人手太不足了，我還以為那起案件差不多已經是一年前的事了。」

「當時在那個案件中，好像有個鬼魂跑到阿火隊長體內了。」阿仁說：「不、不是好像，應該說我非常確定，畢竟隊長的反應我也已經很熟悉了，所以我確定那確實是有東西入侵體內的反應。」

阿仁把當時在岸邊收隊的時候，阿火的異狀告訴了阿山。

「嗯，」聽完阿仁所說的話，阿山沉吟了一會說：「不過像這種情況應該不會有太大的問題，畢竟阿火的情況你也知道，只要那個鬼魂可以跟阿火體內的那些『住戶』和平共處的話，就不會有什麼問題吧？」

「我一開始也是這樣想，」阿仁說：「可是這三個月下來，我發現那個鬼魂很奇怪，我也不會形容，光是就那個鬼魂上身的情況來說吧，如果發生這種情況，隊長應該會痛苦好一陣子，接著不是排除那個鬼魂，就是吸收了那個鬼魂。可是，這一次的情況不太一樣，那個鬼魂進入體內之後，隊長並沒有痛苦很久，相反的還非常短。」

「說不定只是那個鬼魂太兩光，」阿山笑著說：「你還記不記得以前那個跟著大隊長的爆弱小鬼？就是那個看到一點燈光也會瞎掉的小鬼。」

阿仁點了點頭。

「這就對了！」阿山拍著大腿說：「說不定這次上阿火身的就是跟那傢伙一樣弱的鬼魂，所以才會一下子就被吸收了。」

「啊？」

阿仁皺著眉頭，緩緩地說：「問題是，那個鬼魂似乎沒有『安定』下來。」

「這三個月來，我常常看到隊長有那種被鬼魂上身的情況發生，而且我也看過幾次，那個鬼魂好像從阿火隊長身上溜出去的景象。」

「嗯，」阿山皺著眉頭想了一會說：「所以你的意思是說，這個鬼魂就好像把阿火的身體當旅館一樣，爽就來住個幾晚，不爽就出去玩一玩再回來？」

阿仁側著頭，對於阿山這種形容也不知道該說對還是不對。

阿山低著頭，摸著下巴說：「這種情況倒是第一次聽到。」

就在阿山與阿仁正在思考解決之道時，一陣倉促的腳步聲從外面傳了進來。

腳步聲的主人還沒到，聲音已經傳到休息室裡了。

「隊長！三個小時到了！」

阿山一聽，整個臉都垮了下來，果然對方話剛說完，人也跟著跑了進來。

跑進來的不是別人，正是阿山小組的副隊長阿勇。

「哇咧，我說三個小時不要吵我，不代表我只睡三個小時！」阿山不悅地說：「我怎麼會有你這麼不體貼老大的手下。」

阿勇興高采烈地跑進來，想不到卻被阿山訓了一頓，阿勇這時才看見阿仁，打起招呼來也格外沒精神。

「找我有什麼事？」阿山臭著臉問。

「喔，對！」阿勇抬起頭來說：「先跟隊長報告一下，就在你睡著的這三個小時內，我們又破了兩個案子。」

聽到阿勇這麼說，阿山興奮地用力拍了拍自己的大腿說道：「好！不愧是我的副隊長！果然是近朱者赤，終於學到一點我的破案功力了。」

阿山喜形於色，從床上一躍而起，用力拍了拍阿勇的肩膀說：「非常好，就這樣繼續保持下去，我會愛死你們！」

「謝謝隊長！」阿勇得意地笑著說：「喔，對了，另外還有一件事情。」

「嗯？」阿山問：「什麼事？」

「大隊長找你。」

「啊，」阿山聽到之後，苦惱地抓著頭說：「一知道我這邊破了幾個案件，就急著要丟新案子給我啊？」

「不，不是。」阿勇用力地搖了搖頭說：「大隊長看過報告之後，很生氣地要找你。」

「啊？報告？什麼報告？」阿山伸長脖子，一臉疑惑。

「喔，就是你要我們寫的，」阿勇說：「那個『灰熊美送』的報告啊。」

阿山先是一臉疑惑，然後瞬間想起阿勇說的報告，張大雙眼，一臉不敢置信地叫道：「啊？你們該不會真的這樣寫吧？」

「當然啊。」阿勇理直氣壯地說：「就照你說的很簡單的四個字，睡眠不足，非常不爽，所以開大絕啊。」

「哇靠！」阿山痛苦地抱著頭說：「你們是嫌我過太爽是不是？給我闖這種禍！你不知道有兩種人的話是不能聽的嗎？」

阿勇愣了愣，不明白地張著一對大眼睛，等阿山說答案。

「一種是喝醉酒的人，一種就是沒睡飽的人！」阿山甩著身子叫道：「哇哩咧，你們真的會把我害死啦！所以大隊長要你們過來把我叫下去？」

「喔，不是。」阿勇搖頭說道：「因為那時候大隊長非常生氣，你又交代過我們，三小時之內不能打擾你，我們進退兩難，裡外不是人，所以只好騙大隊長說，你在外面辦案。」

「靠！裡外不是人的是我吧！」阿山氣到跳腳說：「跟了我也一年了，怎麼半點都不知道臨機應變？喔……我會被你們氣死。」

阿勇被罵到低下頭，一臉萬分無辜的表情。

眼看阿山還是氣憤難平，阿勇用眼神向阿仁求助，只可惜阿仁也愛莫能助，以搖頭作為回應。

阿勇吞了口口水，苦著臉問：「那現在該怎麼辦？」

「怎麼辦？」阿山怒氣沖沖地手扠著腰說：「遇到這種情況，我寧可見鬼也不要見到大隊長。」

阿山踱著步，然後轉過來問阿勇：「我們還有什麼案子在手上？」

「兩個案子，一個已經發布通緝了，所以跟我們無關。」阿勇說：「另外一個案件也差不多了，只剩下後續的一些文件要補。」

「靠！媽的！三個月來唯一一次想辦案的時候，反而沒有案子可以辦！」阿山恨得牙癢癢地說：「早知道今天開會的時候就不要裝睡。」

阿山咬著指甲，上下打量了一下阿勇，然後轉頭也打量了一下阿仁。

「嗯。」阿山點了點頭，指著阿仁說：「我有辦法了，既然我們案子辦完了，我們就去支援阿火那一組。對，這樣應該可以躲個一陣子。」

就這樣，阿山帶著阿仁與阿勇，小心翼翼地溜出了特別行動小組大樓。

想不到才剛出大門，阿山的手機立刻響了起來。

阿山拿起來一看，臉立刻比苦瓜還要苦。

來電的正是方正。

阿山低聲咒罵了幾聲，然後不甘不願地接起電話。

「阿山嗎？」

「是！」

「你在哪裡？」

「我在哪裡？」阿山聽到後，苦著臉說：「我、我不在組辦附近，我在高速公路上。」

「嗯……你手上還有多少案件？」

「呃……還有兩三個案件，不過應該不會太難解決。」

「嗯，這樣好了。你先放下你手邊的案件，去支援阿火那一組。」

「啊？」

「阿火那組負責支援的分局剛剛來電，他們似乎遇到了一些麻煩。所以你那邊先停下手邊的工作，過去支援一下，看看是什麼情況。」

「喔。」

「對了，回來之後立刻來見我，我對你那份報告有點意見。」

阿山聽到，緊閉著雙眼，一臉痛苦的模樣。

「好了，就這樣，你先去支援阿火那組吧。」

# 3

想不到只是找個藉口想要避避風頭，卻變成了正式的命令。

阿山悶悶不樂地看著窗外。

「話說回來，」阿山仍然看著窗外，問阿仁說：「阿仁，你怎麼沒跟你們那組的成員一起行動？」

「我被阿火隊長派去處理另外一個案件，我處理完之後，就去休息室找你了。」

「所以你也不知道阿火處理的那個案件是什麼情況嘍？」

「不，」阿仁說：「小組會議的時候我有參加，所以案件的情況我大致上還清楚。」

「那就說來聽聽吧，等等也比較清楚是什麼事情。」阿山懶洋洋地說。

「嗯，這次阿火隊長被派去處理的案件是一起發生在辦公室的凶殺案，」阿仁拿出身上的筆記本，看著裡面的資料說：「死者一共有七個，全部都是同一間辦公室的。第一發現者是同樓層另外一家公司的員工。據目擊者稱，當天她從外面回公司的時候，經過該間公司門口，就發現裡面的情況不太對勁。而其他員工因為聽到了她尖叫的聲音，也立刻跑出來，看到了該公司的情況，就立刻打電話報警了。」

「搶案？」

「不是，」阿仁搖搖頭說：「一開始分局的同仁也朝這個方向偵辦，但是當他們調閱了監視器畫面，才發現當天進出該公司的人，全部都是該公司的員工，並沒有其他人出入，所以也排除了搶劫的可能性。」

「喔。」

「該公司一共只有八名員工，但是現場只有發現，或者應該說是拼湊得出七具屍體。」

「又是分屍案，煩不煩啊。」阿山眼神上吊，搖了搖頭嘆道。

「問題就在於，監視器確實有拍到疑似兇嫌的女子從該公司走出來。然而，真正讓分局同仁感到困惑的是，所有監視器都沒有拍到那名女子進入大樓的畫面。另外，該公司當天八名員工都沒有缺席，但是現場卻只有七具屍體，另外一名女員工下落不明。所以分局那邊向我們提出申請，希望我們可以前往支援，釐清案情。」

而就在阿仁這麼說的同時，車子也緩緩停了下來。

才剛下車，三人立刻感覺到情況不對勁。

只見分局的大門玻璃碎裂一地。

阿山見狀，立刻要兩人提高警覺。

阿山等三人走到分局門前，朝裡面看，只見裡面的情況不比外面好，桌子橫倒在地上，從外面就可以看到許多員警倒地不起。

4

在確定沒有任何威脅之後，阿山示意兩人一起進去。

三人進去之後，阿山要阿勇去搜查其他地方，看看造成這一切的兇嫌是不是還留在分局內。

另外一邊的阿仁，一眼就認出了倒在地上的人員之中，有阿火小隊的成員。

「那女人，」阿火小隊的隊員痛苦地說：「是那個女人幹的。」

「那女人？」阿仁問道：「你是說那件辦公室喋血案的兇嫌嗎？」

隊員痛苦地點了點頭，說道：「那女人……她不是人。」

阿仁聞言，抬起頭來看了阿山一眼。

「阿火呢？」阿山問道。

「阿火隊長呢？」阿仁轉問倒在地上的隊員。

「他帶著其他隊員去追那個女人了。」

這時到裡面去搜查的阿勇回來，向阿山搖了搖頭，示意後面沒有人了。

「阿勇，」阿山板著臉說：「你立刻去召集我們小組的所有隊員過來。」

阿山與阿仁兩人，合力將滿目瘡痍的分局，做了最簡單的處理。

在場的員警，大部分都暈倒了，但所幸身上的傷勢不重，暫時都沒有生命危險。

阿勇在聯絡過組員要他們前來分局集合後，也請求救護車前來運送傷患。

在等待支援的這段時間，阿山與阿仁試圖想要搞清楚這邊究竟發生什麼事情。

「我們來到分局之後，分局的人給我們看了當時的監視器畫面。」手部骨折但是意識清楚的阿火小組隊員小剛，向阿山與阿仁說明當時的情況。

「案件的關鍵在於，其中一名古姓女員工，屍體並沒有在命案現場，而從監視器畫面之中，有拍到她上班的景象，卻沒有她離開的紀錄。可是阿火隊長一眼就看出，那個從現場離開的女子，雖然容貌跟古姓女員工完全不同，但應該就是那個女員工。」

手部傳來的痛楚，讓小剛痛苦地閉上雙眼。

在喝了杯阿山遞給他的水，稍作休息之後，小剛繼續說：「於是阿火隊長利用身上那些鬼魂，很快就找到了女嫌犯的下落。也因此，阿火隊長告訴我們，那女人可能會很難對付，要我們千萬要提高警覺。」

阿山點了點頭。

他非常清楚阿火在緝捕類似鬼魂犯案這方面，擁有絕對的優勢。

畢竟不管是什麼樣的鬼魂，阿火不但都可以瞬間瞭若指掌，還可以靠著鬼魂之間的感應，鎖定該鬼魂的位置。

這個優勢尤其在大隊長方正開始接受黃泉界的委託之後，更加顯著，許多甚至連楓與小琳都沒有辦法解決的案件，最後都是由阿火完成。

「逮捕過程出乎意料的非常順利，」小剛說道：「我們就將她帶回分局，並且由阿火隊長親自偵訊她。但是，偵訊中，阿火隊長的情緒突然變得很不穩定，不但試圖攻擊嫌犯，而且還出現一個我們從來沒見過的靈魂。」

阿山聽到這裡，與阿仁互看了一眼。

看樣子這個從來沒見過的靈魂，很可能就是阿仁口中所說的那個，在屏東幽靈船事件中，入侵阿火體內的鬼魂。

「過去我們當然也看過阿火隊長這樣的異變，」小剛痛苦地說：「但是從來沒有一次像這次這樣，阿火隊長幾乎完全失控，直接撲向嫌犯，而且很明顯有要傷害嫌犯的意圖。我們想阻止，但是阿火隊長的速度奇快，我們根本還來不及出手，嫌犯就已經被阿火隊長掐住。」

阿山聽到小剛這麼說，不禁皺起眉頭來。

雖然在加入方正特別行動小組之後，因為常常會接觸到鬼魂，甚至到一些比較陰的地方辦案，導致阿火身上的鬼魂數量日益增加。

但是，就控制方面，類似這樣失控到要傷害嫌犯的情況，自從加入方正特別行動小組之後，阿火就控制得很好，甚至還可以拿這種奇特的暴走，當成他的辦案手法之一。

難道說，光是加入一個像旅客一樣的鬼魂，就足以讓阿火這些日子以來的努力付之一炬，陷入完全暴走失控？

「看到阿火隊長掐住嫌犯，我們當然都慌了，立刻上前想要拉開隊長，狀況就是這時候發生的。」小剛抿著嘴說：「嫌犯也不知道哪裡來的力量，先是將隊長震飛，然後整個浮在空中，接著就好像炸彈一樣，整個爆開，本來要衝過去救她的隊員，反而被她震到牆上，我的手也是在那時候骨折的。」

阿山看了看四周，的確，這裡看起來就好像爆炸現場般，差別只在於沒有發生火災。

「那女人到底是何方神聖？」阿仁驚訝地問。

「不知道，隊長也沒多說，只要我們提高警覺。」小剛搖搖頭說：「只是在那女人製造出震波的同時，我有看到，那女人的身上出現跟阿火隊長一樣的狀況。」

「什麼狀況？」

「就是像隊長身上的那些鬼魂衝出來的樣子。」小剛說：「雖然有些地方不太一樣，不過整體的感覺很像。」

阿山皺著眉，點了點頭說道：「所以她很有可能跟阿火一樣，都是被鬼魂附身的嘍？」

小剛痛苦地點了點頭。

遠處傳來了救護車的聲音，阿勇出去外面，招呼著救護人員進來將傷患抬出去。

看著眼前哀鴻遍野的分局，阿山有種不好的預感。

其實嚴格說起來，從方正開始接鬼魂的委託之後，阿山就一直有這種感覺。

雖然方正目前所接的，都是些還算簡單清楚的委託，而且都跟犯罪有關。

但是，比起過去只接受各分局的委託來說，阿山覺得遇到鬼魂的機會大增，其中不乏一些很棘手的鬼魂。

這讓阿山不禁開始思考，自己或者阿勇、阿仁等這些沒學過抓鬼的平凡人，真的有辦法對付所有鬼魂嗎？

眼前的這一切，正呼應著阿山這些日子以來的擔憂。

或許，他們正準備面對一個前所未見，而且也是他們能力所不能及的對手也說不定。

## 5

就在救護車忙進忙出的同時，阿山的組員也陸續抵達。

另外一方面，阿仁也試圖與其他隊員聯繫。

「我聯絡到其他人了。」阿仁掛斷手機，轉過來告訴阿山：「他們人在距離這邊大概四、五條街的那個堤防。」

阿山聽到了之後，立刻向阿勇說：「你先在這邊集合隊員，確定救護車都離開之後，記得留人留守分局，然後帶其他人到堤防跟我會合，我跟阿仁先過去看看。」

「是！」

阿山交代完，轉身揮了揮手，要阿仁與他一起過去，既然沒多遠，兩人也不坐車了，直接就朝堤防跑去。

阿山與阿仁兩人快馬加鞭，一路狂奔到堤防。

雖然現在已是黃昏時分，但是由於這一側的堤防，只有一些荒廢的草地，所以沒有什麼人在這一側的堤防走動，不像對面已經開發成運動公園，有很多人在散步。

「你往那邊去看看情況，」阿山指著左邊比較短的那側對阿仁說：「不管看到什麼，都不要輕舉妄動，先回到這邊等我或我的隊員。我去另外一邊看看，如果沒看到我回來，就在這邊等我的隊員到齊之後，你們再一起過去我那邊吧。」

阿仁領命之後，立刻朝左邊過去，阿山自己則朝右邊走。

由於堤防的這一邊，腹地比較小，所以不適合開發成球場或運動公園。

雜草雖然有定期修剪，但是修剪的時間間隔比較長，此刻的雜草差不多也快要到人的膝蓋高了。

為了不漏掉任何可能的線索，阿山每跑一段路，就會停下來看個仔細，也不忘記回頭看看阿仁那邊的動靜。

阿山就這樣一路順著堤防走，走到盡頭，一座大橋橫跨了堤防。

阿山從防波堤上下到河岸，改走河邊，進到了橋下。

橋下沒有什麼照明設備，在昏暗的光線下，阿山看不清楚橋下的情況。

阿山拿出槍來，將槍枝上面所配備的手電筒打開，照著橋下。

就在橋下的支柱邊，阿山看到了阿火。

阿火就背對著他跪在支柱邊，而在阿火的雙腿之下，還可以清晰看到一雙躺在地上的腳。

「阿火！」

阿山叫了出來，飛快衝到阿火身邊。

這時阿山才看清楚，阿火正用雙手，狠狠地掐著一個女人。

阿山見狀，立刻上前拉住阿火。

「阿火！住手啊！」

阿山用力拉著阿火，試圖要將阿火從女人身上拉開，可是阿火卻是使足了全力，阿山拉不動。

眼看那女人就快要被阿火掐死了，阿山沒有辦法，退後了兩步之後，整個人撲向阿火。這一撲才終於將阿火撲倒，讓倒在地上的女人免於一死。

女人一脫離阿火的魔爪，立刻從地面上掙扎坐起，一臉驚恐地逃向橋外。被阿山撲倒的阿火，看到女人逃跑，竟然開始掙扎，試圖擺脫阿山的糾纏。

就算那女人是兇手，也不能隨便動手傷人，如果真的殺了她，那事情就嚴重了。阿山可不希望阿火就這麼斷送自己的警察生涯。

眼看阿火執意要攻擊女人，阿山一邊死命抓著阿火，一邊叫道：「阿火，住手啊！你瘋啦！」

阿火眼看掙脫不了阿山，頭突然搖晃了起來，接著整個人抱起阿山，竟然只靠雙腳的力量硬是撐了起來。

阿山作夢也想不到阿火竟然會有這等蠻力，還處於吃驚狀態，突然阿火一甩，把他騰空拋了出去。

這接連的動作已經讓阿山驚異不已，想不到更令他意外的還在後面。

被阿火甩出去、還沒有著地的阿山，反射性地張大嘴時，阿火竟然一個箭步，衝到凌空的阿山面前，一拳就朝著阿山揮了過來。

阿山直覺反應，趕緊用手護著自己的臉，拳頭重重地揮在阿山的手上，阿山整個人才重重跌在地上。

「阿火！不要啊！」

到底是哪裡來的惡靈，鑽入了阿火體內？

阿山驚魂未定，眼前如此兇狠的阿火，阿山從來沒有見過。

畢竟如果是阿山認識的那些，原本早已住在阿火體內的鬼魂，它們應該也都認得阿山。

而這些寄居在阿火體內的鬼魂，更不曾有在與阿山熟識後還對他出手的。

好像會感染阿火的情緒似的，阿山與它們之間也像朋友一樣，一直以來都相處得還算融洽。

所以阿山認定，這一定是在阿火出院之後這段時間裡，新鑽入阿火體內的惡靈，才會讓阿火有如此恐怖的攻擊力。

但是，當阿火一轉過頭來，阿山立刻倒抽一口氣。

為什麼？

一個疑問浮現在阿山腦中。

為什麼會是阿巴？

阿山之所以幫阿巴取名叫阿巴，就是因為它像個原始人一樣，沒有語言，只會「阿巴、阿巴」地叫著。

阿山看著阿火那扭曲的臉，十分不解。

那向上提吊的雙眼，以及不停轉動的眼珠，加上嘴中不停流瀉出來的低鳴，不正是阿巴嗎？

在阿火體內的眾多靈魂中，最讓阿山印象深刻的就是阿巴。

因為它是個永遠都只會在阿火本人極度危險之際，才會浮現出來的鬼魂。

像是守護靈，又像是為了維護自己的「家園」，為了阿火這個命運共同體，阿巴所攻擊的對象，只有阿火的敵人。

為什麼這個時候會是阿巴佔據阿火的肉體呢？

那女人有八成機率是兇手，在阿火想抓住兇手，與兇手扭打的情況下，阿巴的出現還在可以理解的範圍。

但是，那女人都已經逃走了，為什麼阿巴還要繼續對自己出手？

難道自己才是阿火的敵人嗎？

這到底是怎麼一回事？

就在阿山這麼一愣的同時，阿巴又再度朝著阿山撲了過來。

「是我！阿巴！不要啊！」阿山遮住了臉大叫。

這時突然發出了一連串的槍聲，震響了橋下的空間。

阿巴上身的阿火，在槍火的攻擊之下，不敢追擊，轉身朝先前女子逃跑的方向奔了過去。

阿山逃過一劫，定睛一看，才發現阿勇正指揮著隊員朝這邊衝過來。

剛剛開槍阻止阿巴的人，正是阿山小組的人。

「追！」阿勇手一比，下令其他隊員追上去。

阿勇帶著隊員追捕阿火，眾人一衝出橋下，就開始對著阿火開槍。

「別開槍！」阿山見狀心急大叫。

這時阿火朝堤防斜坡衝上去，以宛如猛獸的驚人速度，奔走消失在黑暗之中。

阿勇正準備下令再追，阿山這時爬起來，氣急敗壞地說：「你們瘋啦！誰叫你們開槍的！那是阿火啊！」

「啊？」阿勇張大了嘴說：「可、可是他剛剛在攻擊隊長你耶！我們就是看到隊長你有危險，才會開槍的！」

「搞什麼？敵我不分！」

就在阿山氣急敗壞地指責隊員的同時，遠處竟然又傳來了幾聲槍響。

眾人都因為這突如其來的槍聲，趕緊縮起了脖子。

「是誰？」阿山看著其他隊員問：「是誰又在開槍？」

所有隊員都搖搖頭。

這時槍聲又起，阿山見狀趕緊叫道：「找掩護！」

這回槍聲來得又急又快，很明顯並不是一個人所為。

阿山躲在橋下柱子後面，循著槍砲的火光來源，終於找到槍手的所在。

槍手竟然也躲在橋下，且雙方人馬還是在同一邊的堤岸，阿山等人在橋下的右側柱子後方，對方則在左側柱子後面。

然而這座橋的寬度相當足夠，六線道外加機車道與兩側人行道以及中央分隔島，總計八、九十公尺的距離，再加上橋下光線不良，更讓阿山難以看清對方是何許人也。

「看吧！」阿山低聲責備著阿勇，「就是你們亂開槍，打草驚蛇，所以現在歹徒朝我們開槍了！」

眼看對方仍然持續開槍攻擊這邊，阿山也不甘示弱，朝對面回開了一槍。

想不到這一槍打下去，好像惹惱了對方，對面槍聲更加密集。

阿勇等人已經進入備戰狀態，等著阿山下令。

阿山點了點頭叫道：「開火！」

「開槍！」副隊長阿勇複誦指令。

雙方就這樣在橋下展開了激烈槍戰，砲火交集之下，幾個隊員不慎掛了彩。

對面似乎也有人受傷了，所以槍聲漸歇。

阿山見狀，示意阿勇向對面喊話。

阿勇伸長脖子，對著橋的另一側喊道：「對面的人聽著，我們是警察，你們不要再抵抗了！」

等了一會，對面一直都沒有回音。

過了好一陣子，正當阿山猶豫要不要再採取什麼行動的時候，對面傳來了一個人的回話。

「不要開槍，我們也是警察。」

聽到這聲音，一直跟著阿山小隊行動的阿仁，衝到了阿山身邊。

「阿山隊長！對面真的是我們自己的弟兄啊！」阿仁臉色慘白地說：「那是我的小隊啊！」

聽到阿仁這麼說，阿山痛心地緊閉起雙眼。

這下事情可真的大條了，不但與阿火敵對，竟然還開槍攻擊自己人。

此刻的阿山，對於先前開大絕的報告一事，已經完全拋諸腦後。

現在阿山滿腦子只想知道，剛剛自己究竟做了些什麼？還有阿火到底怎麼了？為什麼會演變成這樣的局面？

# 第4章・尋火

## 1

夜幕低垂。

台北一座公園，年久失修、又髒又臭的公廁中。

這座公廁因為骯髒的關係，連附近的流浪漢都不想使用，所以廢棄好一段時間了。

但是此刻，卻有一個男人在這間公廁裡。

明明是一個人，公廁裡面卻傳來許多人交談的聲音。

「這情況已經越來越糟糕了。」

「阿巴──阿巴──」

「阿巴，你就別出來了。」

「事情變成這樣，該怎麼跟他交代？」

「哼，都已經到這個地步了，你現在才想到要怎麼跟他交代？」

「你們沒聽過騎虎難下嗎？」

「我們還是讓阿火回去跟他的上司交代吧。」

「喔，如果真是這樣，接下來會發生什麼，需要我跟你說嗎？」

「我們肯定一起被打包回去醫院。」

「不要吧？」

「就是說嘛，好不容易出來了，大家不是說好了，要一起為了不要回去醫院努力嗎？」

「誰跟你說好了？」

「吵什麼啊？兩個白痴。」

「你才白痴咧。」

一連串的聲音下來，有男有女，有老有少，感覺就好像有幾十個人擠在小小的公廁裡面商量事情一樣。

「好了，你們要吵到裡面去吵。」

「現在該怎麼辦？」

「三叔，這種情況你老人家有什麼看法？」

「想救阿火，就得找上那女人。」

「你瘋啦？追她？」

「三叔，你真以為我們的這位阿火，是那個黃泉委託人謝任凡嗎？」

「奇怪耶，你們問三叔，三叔就說他的意見，你們在靠腰什麼？」

「就是說嘛。」

「好，我們先不要說阿火。說啊，你們之中誰可以對付得了那女人？」

聽到這個女人這麼說，眾鬼瞬間陷入一片沉默。

「阿巴啊！如果剛剛不是那個白痴阿山阻撓，我們不是已經殺了她嗎？」

「你們這樣殺了她，阿火怎麼辦？」

「對啊！而且你們剛剛沒感覺到嗎？那女人是因為在警察局的時候，把力量都用盡了，我們才有機會，現在她的力量應該恢復了不少，阿巴夠看嗎？」

「不然你們說，該怎麼辦？」

「回警局，把實情告訴他的上司。」

「你以為我們搞不定那個女鬼，他那個上司就有辦法了嗎？」

「對啊，你不想想他在黃泉界的外號是什麼，黃泉『偽』託人啊，就是山寨版的黃泉委託人，瞭不瞭啊？」

「有什麼關係，就讓他去傷腦筋啊。」

「你們這樣還不是只是讓阿火揹黑鍋？」

「回去報告只是揹黑鍋，你們要去找那女鬼，可能會害死阿火啊！」

「不，橫豎也得幹一次。你們自己想想，咱們已經對她做了這種事情，就算我們不去找她，她也會來找我們。」

「等等，聽聽七哥怎麼說吧。」

阿火的臉再度產生變化，等到安定之後，阿火的臉上多了滿滿的皺紋。

「如果，」七哥的聲音沙啞，有氣無力地說：「我們注定得要跟那個女人拚生死，或許趁現在她還沒有完成轉生之前，我們還有一線生機。」

## 2

方正拖著疲憊的身子，回到了辦公室。

或許正如佳萱所說的，這樣的工作量真的會把人給活活累死吧。

這一天下來，方正自己也處理了兩個案件。

雖然都不是什麼大不了的案件，但是這樣來回奔波，也真夠累人的。

方正想起了當年剛認識任凡的時候，記得那年的鬼月，任凡一個月可能就接到了上千件的委託。

他是怎麼處理的呢？

方正深深地嘆了一口氣。

不知道他現在人在歐洲過得如何？找到他母親了沒有？什麼時候回來？還會不會回來？

類似這樣的問題，方正不知道已經問過多少回了。

然而，任凡沒有回來的一天，這答案永遠只能懸於心中。

沒開燈的辦公室，只剩下方正一個人，在漆黑之中，望著喧囂的城市。

一個身影，靜靜地出現在門口。

「怎麼？原來你在啊？」那身影說道，並且將燈打開來。

方正轉過頭來，佳萱走了進來。

「真不知道你是從哪裡找來那個幫手的。」佳萱苦笑道：「不但沒幫到我，現在我還得要處理他的嘔吐物。」

方正一臉噁心的模樣說道：「這麼慘啊？」

「當然啊，他連屍體都沒有見過，現在不但得看到屍體，還要在旁邊看人家解剖，吐個五、六次已經算是有天分了。」佳萱疲累地坐在椅子上。

「對不起。」方正說。

「嗯？」

「我想過妳開會時候說的了，」方正正色說道：「的確，接了這些委託，讓大家負擔了那麼大的工作量，我知道錯了，接下來我會盡可能推掉所有委託的。」

「你還好吧？」佳萱擔心地看著方正說：「倒也不是說不能接啦，只是有時候真的要顧慮一下大家的工作量。」

佳萱這麼說，也不全然是沒有道裡的。

畢竟當初當第一個小男孩來求方正的時候，方正本來也想要拒絕，但是佳萱卻希望方正可以接下這個簡單的委託。

所以說到頭來，這也算是佳萱一手造成的結果。

當然當這個小男孩的委託得到了解決，消息也不脛而走。

既然開了頭，就有很多事情不能拒絕。

都已經幫小男孩找到了屍體，也就不可能拒絕一個被自己母親殺害，又棄置在草叢中無人聞問小女孩的委託。

既然抓了一個殺人犯，當然也不能放過另外一個。

就這樣，連方正自己都不知道，原來人事間竟然會有如此多的罪犯，警方根本不知道他們的存在。

於是方正才會決定主動出擊。

當然，有了過去跟鬼魂打交道的經驗，方正也知道不能單憑鬼魂的片面之詞就全盤接受。

所以方正也特別交代隊員們，一定要有足夠的證據才能抓人。

就這樣，一個案子變成了三個，三個接著六個，一直到現在大家都已經忙得焦頭爛額，案子卻永遠辦不完。

佳萱看著桌上仍然擺著那份中午讓方正怒火中燒的報告，不禁笑了出來。

「這個，」佳萱笑著比了比桌上的報告，「你打算怎麼處理？」

「唉，」方正嘆了口氣，搖著頭苦笑說：「這小子真的天生少根筋。」

「至少他很坦白啊。」佳萱笑著說。

「這算白目吧，怎麼會算坦白呢？」

兩人相視而笑，過了一會，佳萱拍了拍方正說：「算了吧。」

方正點了點頭。

這時方正的手機響起，方正拿起來一看說道：「說曹操，曹操就到。」

方正將電話給接了起來。

「喂？阿山嗎？」

「……」

「怎麼不說話啊？喂？聽得到嗎？」

「對、對不起。」

「什麼？對不起什麼？」

「對不起，隊長，我搞砸了。」

聽到阿山這麼說，方正不禁皺起眉頭，心底也浮現了些許不安。

自從阿山跟了方正之後，方正從來沒聽過阿山用這樣的語氣說話。

電話中，阿山將事情告訴了方正。

方正越聽臉色越難看，就連一旁的佳萱都感到情況不對勁。

方正又再簡單問了幾句之後，掛斷了電話。

方正整個人癱坐在椅子上，感覺受到了極大的打擊。

「怎麼啦？」

「去支援阿火的阿山組員，」方正一臉痛苦地說：「竟然跟阿火的組員發生了槍戰。」

「啊？」

「好幾個人受了槍傷，現在正在醫院。」

方正說完之後，沉痛地閉上了雙眼。

# 3

常常聽人說，人在瀕死之際，會看到自己的人生宛如走馬燈一樣從眼前掠過。

在前往醫院的路上，方正一直沉默不語。

方正閉著雙眼，眼前卻看到了一幕幕過去的景象。

這些日子以來，自己從一個見鬼就暈給它看的小警員，走到了今天。

或許，今天就是他警界生活的終點。

在這條漫長的警界之旅中，他看到了當年稚嫩的自己，跟著張樹清警官，準備為這個社會盡一份心力。

然後，因為自己的不機靈，手法也不高明，所以不管怎麼做，都無法得到別人的讚賞。

接著，他遇上了任凡，人生也從此丕變。

與任凡完成了一個又一個的委託，突破了一層又一層的難關。

在委託與刑事案件有關時，任凡解決了委託任務，方正則跟著立下破案功勞。

方正的地位也在這時候水漲船高，並成立了方正特別行動小組。

從一個平凡的小警員，到現在署長直屬的特別行動小組組長，方正的故事簡直就像警界的日本太閤傳奇，從一介平民一路成為關白的豐臣秀吉一樣。

但是，方正的心，卻從來不曾踏實過。

他知道這一切，並不是自己努力而來的。

一直到擴編大會上，方正才找到了自己人生的新目標。

當他看著台下那些員警們，因為陰陽眼而得到許多側目，不知道可以把它應用在辦案時，他了解到一件事情。

如果說，人生真的跟借婆所說的一樣，擁有所謂宿命的話。

他知道自己的宿命，就是教導這些人，正確面對與使用陰陽眼的方法。

而今天，他知道自己是徹底失敗了。

因為自己的無能，才會導致這一切的發生。

現在的方正只祈禱所有隊員都能平安，度過這次的危機。

醫院的長廊上，阿山頹喪地坐在椅子上。

看著急診室的走廊，滿滿一排傷者，全部都是自己的同僚。

阿山從來不曾感覺到如此自責。

方正與佳萱慌張地趕來，所有人見到了，紛紛向方正敬禮。

阿山抬起頭來，看到了方正，又慚愧萬分地低下了頭。

阿山已經做好了心理準備，對於會發生這樣的事件，阿山責無旁貸。

阿山這邊的隊員，在趕來的同時，看到了異變的阿火正在攻擊阿山，情急又昏暗的情況下，沒有認出阿火的隊員們，為了保護阿山，所以才會對阿火開槍。

另外一邊阿火的隊員，也試圖要追上阿火，想不到突然看到阿火被人開槍襲擊，自然也就把那群開槍的人，當成匪徒。

結果就演變成今天自己人開槍打自己人的悲劇。

也因為槍戰，兩隊人馬都追丟了阿火，目前仍然下落不明。

雙方總共七名隊員因此中彈受傷，不過所幸都沒有傷到要害，生命無礙。

但是即使如此，阿山也認為自己必須為這次的事件，負起完全的責任。

他低著頭，等待著大隊長方正的責難。

方正走到了阿山身邊，拍了拍阿山的肩膀說：「我已經召集小琳和楓的組員，你們應該很累了吧？你帶著沒有受傷的隊員，先回本部休息吧。」

聽到方正這麼說，阿山感覺到一陣鼻酸，眼眶也跟著濕潤起來。

想不到方正不但從頭到尾完全都沒有責怪自己，還如此體恤他們的辛勞。

「對不起，隊長。」阿山哽咽地說道：「真的很對不起！」

方正拍了拍阿山的肩膀，輕輕地說：「先回去休息，剩下的就交給我吧。」

# 4

在將事情的經過與情況報告給方正知道後，阿山帶著隊員們回到總部時，已經接近深夜了。一整天的勞碌，讓所有隊員都筋疲力盡。

阿山雖然躺在床上，但是卻半點睡意也沒有。

為什麼，浮現出來的鬼魂會是阿巴呢？

這一切到底是怎麼一回事呢？

先撇開阿火被阿巴上身，攻擊自己這一點不說，真正讓阿山不了解的是，為什麼阿火會那麼執意要殺害那名女嫌犯？

聽當時阿火的隊員說，在分局偵訊時，阿火就已經攻擊那名女嫌犯了。

難道說，阿火認識那名女嫌犯嗎？

想到這裡，阿山再也躺不住，翻身起來，走出休息室。

阿山從簡報的資料中，抽出了女嫌犯的資料。

嫌犯的名字叫做古佳節，是該受害公司的員工。

阿山皺著眉頭看著照片，照片上是個方形臉蛋，雙眼無神的女子。

這與當時阿山在堤防橋下所看到的那名女子，雖然女子當時一臉驚慌，而且又是一陣混亂，所以阿山沒有看得很清楚，但是光從一些印象判斷，兩人完全沒有半點相像的地方。

最簡單的地方就是，照片上的女子，實在很難說是美女，而當時在橋下的那名女子，光是慌亂之中就已經讓阿山覺得有幾分姿色。

這到底是怎麼一回事？

難道說照片上的這個女的不是嫌犯？

這時阿山注意到照片上女子所穿的服裝，雖然不是很確定，但是阿山印象中，那個在橋下的女子，似乎就是穿著與照片上女子一樣的服裝。

如果是這樣的話……

那麼這個叫做古佳節的女子，不是去動過整型的大手術，將容貌整個改變，就是跟阿火一樣，被鬼上身了。

不過對於這個猜測，阿山也不是很有把握。

畢竟雖然阿火在不同鬼魂上身的時候，容貌會有些許改變，但是從來不曾像這樣，根本完全變了一個人。

不過不管是哪一個可能性，阿山仍然找不到任何阿火跟這女子之間的關聯。

阿山用力搥著桌子，從來不知道絕望為何物的他，第一次出現了絕望的感覺。

如果不夠樂觀，阿山無法活到今天。

所以阿山一直保持著樂觀的態度，這不只是一種生活之道，更是阿山活下來的主要動力。

阿山趴在桌上，腦袋卻不停想著，希望可以挖出任何一點可能的線索。

「你想知道阿火的下落嗎？」一個女子的聲音幽幽地從身後傳入阿山的耳中。

阿山心頭一懍，立刻知道這聲音的主人，並不是活人。

畢竟對這些擁有陰陽眼的人來說，類似這樣的感應力，本來就超越一般人。

阿山沒有回頭，畢竟對鬼魂來說，被活人看見有時候也是一種冒犯，關於這些跟鬼魂應對的方法，本來就是方正特別行動小組的長項。

「想。」阿山回答女鬼。

「我不能告訴你阿火在哪，」女鬼說：「但是我可以告訴你，阿火的目標在哪裡。」

「喔？為什麼？」

「因為我如果告訴你阿火在哪裡，那些其他住在阿火體內的鬼魂們，說不定就會發現我，到時候我很可能會被其他鬼魂趕走。」

阿山聽到女鬼這麼說，了解地點了點頭，「喔，所以妳就是那個在屏東上阿火身的鬼魂？」

「是的。」

聽到女鬼這麼說，阿山憂喜參半，喜的是從女鬼的聲音與態度聽起來，似乎還算是個理性的鬼。

然而憂的是，她能夠這樣自由進出阿火的身體，卻不被其他鬼魂發現，說不定是件非常不好的事情，不知道她究竟會不會對阿火帶來負面影響。

「所以妳知道這個古佳節在哪裡？」阿山問。

女鬼從後面靠到阿山背後，然後伸長脖子在阿山的耳邊，說了一個地方。

女鬼說完之後，沒有等阿山回應，就自動消失了。

女鬼離開之後，阿山愣愣地站在原地許久。

當阿山下定決心，暫且相信女鬼所說的，先去看看的時候，猛一轉身，發現原本應該空無一人的房間裡，卻站了七、八個人。

「嗚哇！」

想不到背後突然站了那麼多人，阿山差點嚇到噴尿。

定睛一看，這七、八個人正是跟阿山一起回來休息的兩組隊員。

「哇靠，你們想嚇死我啊，安安靜靜地站在我後面，你們比女鬼還嚇人。」

「對不起，隊長。」阿勇帶頭向阿山道歉。

「算了，」阿山揮了揮手說：「你們不休息，跑來這裡幹什麼？」

阿勇看了看其他人說：「我們知道隊長你一定放心不下阿火隊長，所以我們決定跟隊長一起去找阿火隊長。」

「你們……」

「有沒有很感動？」阿勇得意地問。

「感你的頭。」阿山啐道：「走啦，要跟就出發吧！」

「是！」眾人齊聲回答。

## 5

方正將楓與小琳緊急召回支援後，便和佳萱一同來到了爐婆家。

一打開門，就看見爐婆低著頭，用手指了指對面的位置，示意兩人坐下。

「坐，什麼都不必說。」

方正與佳萱互看了一眼，方正嘆了口氣，心想又來了。

「臭小子，又要你乾媽我來幫你找人嗎？」爐婆哼了一聲說。

方正一聽，大為震驚。

想不到爐婆這次竟然如此神準，不但知道來的人是他，還知道自己來這裡的目的。

「哇，爐婆妳真是料事如神！」佳萱拍手讚道。

「這還用說。」爐婆一臉神氣，指著方正的鼻子說：「你們剛打開一點門縫的時候，我就瞄到這個大塊頭了。我當你乾媽那麼久了還不了解你嗎？你會來找我，除了要我幫你找人還會有什麼？」

「乾媽妳別這麼說嘛，最近真的越來越忙了，不然我也想找個時間來看看妳啊。」方正一臉心虛地說。

「哼，說得比唱得好聽。」

看爐婆一開始就不是很高興的樣子，佳萱用手頂了頂方正，示意要他做點什麼討爐婆歡心。

「乾媽，其實我今天來還有另外一件事情。」方正小心翼翼地觀察著爐婆的臉色說：「是這樣的，我想說這些日子，一來常常受到妳的幫忙，二來也想盡盡自己的一份孝心，所以想買支最新的 iPhone 給妳，不知道妳喜歡什麼顏色的？」

「哦？想不到你還滿有心的嘛。」一聽到方正這麼說，爐婆眼睛都亮了。

方正笑得僵硬，內心正在淌血。

「最新的好像只有黑的跟白的，我是比較喜歡彩色的，不過白的給我用，好像看起來會年輕一點。啊，不然你買前一代，我也可以接受啦，那個粉紅色的好像不錯看，很適合我。」爐婆眉開眼笑地說。

「那個，乾媽，這件事我們還是晚點再討論，另一件事比較緊急。」眼看爐婆完全沉浸在自己的世界裡，方正趕緊將她拉回來。

「好啦，怎麼樣？這一次要找誰？」爐婆瞬間又收起了笑容。

「乾媽，妳還記不記得我之前跟妳說過的，我有一個身上寄居了很多鬼魂的屬下？」

「喔喔，你是說那個開旅館的？開玩笑，何止記得，我還幫你找到驅鬼的師公了，看你乾媽我對你多好。」爐婆拍著胸脯說。

「真的嗎？」

「嗯？我騙你有錢賺嗎？」

看方正開心的樣子，爐婆卻突然潑了桶冷水。

「先不要高興得太早。」爐婆看了看左右，對方正與佳萱招了招手，要他們靠近一點，然後壓低聲音說：「我跟你們說，他驅一隻鬼要收好幾萬，還分種類跟等級收錢，越難驅走的越貴。你那個屬下體內不是有七十幾個鬼魂，而且還有惡靈？我看全部加一加，應該要花個幾百萬跑不掉。」

「什麼！」方正跟佳萱異口同聲驚呼。

「我就知道你們會有這種反應，真的太黑了啦。」爐婆回到原本的姿勢，揮了揮手說：「像我們這種正派的法師都嘛收一點點工本費而已，哪敢跟人家要那麼多錢！所以我才一直沒告訴你我找到人了咩。」

一聽到爐婆說自己是正派法師，方正立刻白了爐婆一眼。

「算了。」方正嘆了口氣說：「那個改天再說吧。現在重點是阿火不見了，我們今天來的目的就是要找阿火。」

「那你早說啊！」爐婆用責備的語氣，對讓自己白忙一場的方正說：「害我還幫他找什麼驅鬼的師公，人都不見了驅什麼鬼？」

方正正想反駁，自己打從一開始就只是要找到阿火而已，還沒準備幫他處理體內鬼魂的事情。

爐婆打斷方正的思緒，對他吼道：「啊你現在是在發什麼呆？不用跟我講一下這次的情況喔？」

被爐婆一說，方正這才將事情娓娓道來。

「唉，你怎麼老是給我出這種難題。」爐婆聽完搖搖頭說：「我的法術只能找活人，不能找鬼。你那個手下現在被鬼上身，基本上就像活死人一樣，要找到他很難啦。」

「那怎麼辦？」

「不然這樣好了，活死人也算半個活人，應該還是有機會找到，不過我能找的只有控制身體的那個魂魄。」爐婆說：「你把現在上他身的那個鬼魂的資料給我，我來找找看。」

「可是我不知道上阿火身的是哪個鬼魂啊，誰知道他們是用輪的、用抽籤的，還是誰搶贏就誰上。」方正哭喪著臉說：「就算我知道上他身的是誰好了，我也不可能有那隻鬼的姓名跟生辰八字啊，就連長相我也只能透過阿火臉上的變化來看，看到的又不見得是它們真正的樣子。」

佳萱也點了點頭，表示認同。

情況陷入膠著，三人瞬間沉默了下來。

方正雖然心慌，卻也不敢催促爐婆。

「等一下。」爐婆打破沉默，突然抬起頭來說：「聽你剛剛那樣講，跑出來的那幾個鬼魂都瘋了，該不會其實就連沒出來的也全部都失控了吧？」

方正與佳萱互看一眼，露出同樣既困惑又訝異的表情。

「這個我不清楚，不過之前也有過鬼魂失控的情況發生，阿火都還能夠壓下去，這一次卻完全沒辦法，說不定真的像爐婆妳說的那樣，全面失控了。」方正一臉擔憂地說。

「怎麼會所有鬼魂都同時失控了？這真的很罕見。」爐婆沉吟了一會問道：「會不會是有什麼原因，只是你們不知道而已？」

方正與佳萱對望了一眼，不一會，兩人同時張大了嘴。

「該不會是她吧？」方正與佳萱異口同聲地說。

「她是誰？」

方正向爐婆簡單敘述阿火正在辦的案子，凶嫌是一名叫做古佳節的女子。

也正是在追緝古佳節的時候，阿火才失控，進而下落不明的。

「照你這麼說是有可能，」爐婆摸了摸下巴說：「就算失控跟她無關，不過你那個手下的目的也是要去追她，所以如果能夠找到她，說不定就可以找到你的手下。」

方正與佳萱點了點頭，既然如此，也只好先找到古佳節再做打算。

佳萱與方正兩人隨著爐婆來到了後室。

「老樣子，你們兩個圍著大爐，把手牽起來，仔細想那個犯人的名字跟長相，越清楚越好。」爐婆說。

方正與佳萱閉上眼睛，默唸古佳節的名字，並細想著資料中的照片上，古佳節的模樣。

見兩人進入狀況後，爐婆點燃符籙，丟入大爐。

符籙燃燒產生的煙裊裊升起，一縷細長的煙到了方正與佳萱面前，慢慢地一分為二，長煙隨著呼吸，慢慢鑽入兩人鼻中。

過了一會，似乎感覺到煙霧嗆鼻，方正不禁皺起了眉頭。

佳萱則感覺有些暈眩，緊閉的眼皮不停顫抖。

兩人這次吸煙的速度明顯比以前緩慢，爐婆心中萌生了一股不安的感覺。

雖然速度比較慢，但目前為止也沒有異狀，爐婆按捺住性子，決定再等一段時間看看。

眼看符籙已經燒了一半，方正與佳萱兩人的表情卻只有越來越痛苦。

就在這個時候，爐婆感覺空氣中夾雜了另一股氣流，打亂了這裡的氣場，感覺很不尋常。

情況似乎不太妙。

爐婆正打算中止儀式，一靠近大爐，眼前的符籙竟如同影片快轉般，以三十二倍的速度加速燃燒。

爐婆還來不及阻止，符籙就已經火速燒完了。

就在符籙燃燒殆盡的同時，剩下還沒被吸進去的煙，突然爆開來。

原本集中成細長狀的煙，瞬間散開，讓大爐附近彷彿沙塵暴來襲，變得灰濛濛一片。

圍在爐邊，首當其衝的方正與佳萱，兩人突然同時睜大了雙眼，像是作惡夢被嚇醒一般，全身冒汗，一臉驚恐，大口大口地喘著氣。

「哎唷，怎麼會這樣？你們兩個沒事吧？」爐婆揮舞著雙手，試圖撥開瀰漫的煙霧。

方正扶起因為身體不適而蹲在地上的佳萱，走到爐婆身邊。

「咳、咳！乾媽，這是怎麼回事？」

「我也不知道，第一次發生這種狀況。」爐婆拿起其他符籙看了看，說：「看起來沒變質，我記得這東西應該沒有保存期限啊。」

方正白了爐婆一眼，「現在呢？」

「我們先回去前面，這裡的煙讓它散一散。」

回到正廳，方正不時揉著鼻子，佳萱也扶著發疼的頭，兩人看起來還是不太舒服。

「怎麼樣？你們有看到嗎？」爐婆收起平常不正經的樣子，一臉嚴肅地問。

方正與佳萱互看一眼，都搖了搖頭。

「除了一片黑，我什麼也沒看到，就只是一直聞到煙味而已。」方正聳了聳肩說。

「我想也是。」爐婆點了點頭。

「我……看到了。」佳萱按著自己的太陽穴說：「但是畫面好混亂，場景一直變，看起來就像不停快速切換的幻燈片，而且那些地方沒有連貫，就好像現在在台灣，下一秒變成在美國，再下一秒卻又到了非洲，這樣的感覺。」

「哦？那妳記得妳最後一個看到的地方在哪裡嗎？」爐婆皺著眉頭問。

佳萱抬起頭來，看著天花板說：「天上。最後停在一片烏雲密布的天空，然後一道閃電劈下來，好像打到什麼東西似的，瞬間爆炸，嚇了我一大跳，我就忍不住張開眼睛了。」

看到佳萱驚魂未定的樣子，方正也心有餘悸地點了點頭說：「我是到後來感覺好像被人掐住脖子，呼吸越來越困難，最後真的受不了，快要窒息了，才張開眼睛。」

說到這裡，方正白了爐婆一眼說：「結果終於可以呼吸了，吸到的卻是一堆煙灰。」

爐婆不理會方正的白眼，雙眼緊閉，沉思了一會才說：「剛剛我有感覺到不一樣的氣息。」

方正與佳萱一臉不解地看著爐婆。

「味道不對。」爐婆說：「剛剛的煙走味了，氣場也變了。你們要找的那個女人，應該跟你的手下一樣，都被鬼上身了。」

「啊？」

「而且事情絕對不簡單，上她身的鬼魂一定不好惹。」爐婆斬釘截鐵地說。

方正與佳萱面面相覷，過去方正除了阿火本身的情況，也遇過不少鬼上身的案件，但事情從來沒有發展到如此棘手的地步。

「那現在怎麼辦？」

「來。」爐婆指著圓桌中央的香爐說：「點炷香，往煙裡看，你要的答案就在裡面。」

方正瞇起眼睛看著爐婆，這讓他想起第一次見到爐婆的時候，自己就是差點被這招騙走五萬元的。

「怎麼？不相信你乾媽的功力嗎？」爐婆不悅地說。

方正趕緊搖了搖頭，拿起桌上的火柴把香點燃。

香煙升起，方正照爐婆說的話，仔細盯著煙霧看。

看了老半天，都快看出鬥雞眼了，方正還是老樣子，有看沒有懂。

「乾媽……」

方正才剛開口，爐婆立刻比了個「噓」的手勢，要方正閉嘴。

「嘖嘖嘖，」過了一會，爐婆終於開口，「我看你們還是放棄吧，這案子不能接。」

「啊？」方正疑惑地說：「我什麼都沒看到啊。」

「我知道，」爐婆揮了揮手說：「你沒慧根又不是第一天。我剛剛幫你看了，那個女人身上的鬼魂，不是你們能夠對付的。」

方正正想要反駁，這回又被佳萱給制止了。

「那爐婆妳有沒有什麼辦法可以幫我們抓到她？」佳萱問。

「沒有。」爐婆回答得非常乾脆，慎重地說：「就我看來，那女人身上的不是黑靈，而是比黑靈更凶狠的，從地獄爬出來的惡鬼。」

「啊？現在又不是鬼月，它是怎麼從地獄爬出來的？」

「這我怎麼知道。」爐婆白了方正一眼，正色說道：「總之像這樣的惡鬼，我們當法師的都知道自己有幾兩重，所以不管你去找哪個法師都沒用，不可能有人敢去碰它的啦。」

看方正垂頭喪氣的樣子，爐婆好心勸方正：「唉，你還真以為自己是那個黃泉委託人謝任凡嗎？我告訴你，就連任凡也不會接這個委託，因為我敢保證，這個惡鬼就算是任凡也拿它沒轍。如果你們那麼堅持，我可以介紹認識的葬儀社給你，叫他們算你便宜一點。」

「可是問題是，這個案子不是我接的委託，是其他分局送來的刑事案件啊。」方正哭喪著臉說：「委託可以拒絕，刑案總不能不辦吧？」

「嗯？這世界上懸案那麼多，有差你們這一個嗎？」

「重點是現在阿火已經被捲入，而且還失蹤了！就算我們不辦這個案子，不抓那個女人，也要把阿火找回來吧？」方正抓著頭，苦惱地說。

再怎麼說，阿火也是自己的屬下，更是工作上的夥伴，方正認為自己有責任找到阿火，並確保他的平安。

更何況，如果當初自己沒有讓阿火進到特別行動小組的話，今天他也不會遭遇這樣的事情了。

無論如何，方正都無法坐視不管，要他就這麼丟下阿火，不管他的死活，他實在做不到。

爐婆看了佳萱一眼，此時佳萱也正用懇求的眼神，希望爐婆能夠幫幫忙。

「唉，要說辦法也不是沒有啦。」

爐婆此話一出，方正與佳萱眼睛都亮了起來。

「像這種地獄裡的惡鬼，只有冥界的人才有可能收服它。」爐婆說：「你不是剛好有認識冥界的人？」

方正靈機一閃，興奮地拍桌叫道：「對喔，我怎麼都沒想到乾奶奶？」

方正的乾奶奶旬婆，好歹也是地獄三婆之一，留守在奈洛橋邊的她，手下都是兇狠的黑靈，想必對惡鬼也很有一套。

「你乾奶奶喔，我勸你最好不要。」爐婆鐵青著臉說：「上次聽她說，她的一個看橋鬼，在把人丟下去的時候，一個不小心自己也跌進去了，所以現在正缺人手，前陣子還三不五時就上來找我，問我要不要早點往生去幫她做事。我看你現在去找她，說不定她會直接把你拉下去幫她守橋，這樣你就不用擔心人間的事情了。」

方正一聽，臉都綠了。

「你不是還有一個認識的警察，死後去下面當鬼差了？」爐婆說。

「對、對。」方正喜形於色地說：「張樹清大哥！」

由於佳萱表示自己很想看看爐婆請鬼上來的樣子，雖然有可能被嚇著，但似乎也沒什麼不可。因此，方正考量過後，這次決定讓佳萱也一起進到另一個房間裡。

「待會要請上來的是我以前的上司，就是之前妳有看過幾次的那個鬼差，」在等待爐婆換衣服的時候，方正對佳萱說：「所以妳不用害怕。」

「嗯。」佳萱笑著點點頭，臉上的表情不是緊張而是期待。

爐婆換了一身衣服，來到方正與佳萱面前。

看爐婆正式且慎重的樣子，佳萱與方正也跟著正襟危坐。

一切準備就緒後，爐婆閉上雙眼，敲著木桌。

過了一會之後，爐婆突然頭一點，四周一片寧靜。

眼看爐婆垂著頭，不發一語，毫無動靜，佳萱用疑惑的眼神轉頭看向方正。

「是哪個白目在這種時候找我上來啊？」

佳萱頭才剛轉過去，爐婆便以略微沙啞的男人嗓音對他們大吼。

被這麼一吼，不只佳萱嚇了一跳，立刻轉回來看著爐婆，就連已經看過好幾次請鬼儀式的方正，都不禁抖了一下。

「張、張大哥，是我啦，不好意思打擾你了。」看張樹清似乎心情不是很好，方正講話也跟著顫抖了起來。

畢竟再怎麼說，張樹清過去也是自己的頂頭上司，訓人的時候還是有一定的魄力。

張樹清頓了一下，才終於認出方正的聲音，說：「喔，是小白啊。」

方正用力地點點頭。

「你以為我都在下面打麻將，每天閒著沒事就等你把我叫上來嗎？」張樹清透過爐婆的嘴巴叫道：「前幾天有個逃犯從無間地獄跑出去，我們現在可是整個地獄從上到下都在找它，所有鬼差都在加班，我已經忙到沒日沒夜了，你還想找我幹嘛？」

看到爐婆像鬼上身一樣丕變，佳萱瞪大了眼，直盯著被請上來的張樹清看。

「我、我想請你、請你幫忙抓鬼。」方正像做錯事的小孩般低著頭說。

「抓鬼？」張樹清借用爐婆的身，白眼瞪著方正說：「最好是我現在還有空去幫你抓鬼！我除了要去帶那些時辰已到的死人，還要到處去找那個地獄的逃犯，如果讓那逃犯跑出去為非作歹，到時候就完蛋了。」

張樹清用爐婆的手，指著方正的鼻子說：「我連我親愛的老婆都好久沒見了，你自己說，我哪還有那個美國時間陪你抓鬼？」

「可是……」方正垂頭喪氣地說道：「這次的不一樣啊。」

「嗯？」

「我這一次碰到的鬼，好像非常強悍，聽乾媽說很可能是從地獄跑出來的。」

「哦？」張樹清突然豎起耳朵來，「說吧，我在聽，快說喔。」

方正喔了一聲，將事情的來龍去脈告訴張樹清。

張樹清一邊聽，一邊點著爐婆的頭回應，嘴角還勾起一抹微笑。

「讚！」聽完方正說的話，張樹清拍了拍爐婆的手說：「喔，這個真的甜美，不愧是我帶出來的，你說的那個人很可能就是我們要找的逃犯，真是幫了我一個大忙。」

方正不好意思地搔了搔頭問：「所以，張大哥，你願意幫忙嘍？」

「當然！抓鬼的事交給我們專業的來就對了。」張樹清突然將爐婆的嘴巴往方正耳邊湊，小聲地說：「不過你可不要再去找其他鬼差了啊，這件事就交給我了。」

雖然方正不知道張樹清這麼做的用意，但方正熟識的鬼差，也不過就張樹清一個，他還能去找誰說呢？

方正毫不猶豫地點了點頭。

「哦？」張樹清突然睜大了爐婆的眼睛說：「小白啊，在你旁邊的是……」

不待方正回答，佳萱禮貌性地點了個頭，向張樹清打招呼：「您好，我叫溫佳萱，是方正工作上的夥伴。」

看佳萱落落大方，見了鬼差卻一點也不害怕的樣子，方正與張樹清都愣住了。

「喔，我是法醫。」見張樹清沉默了好一陣子沒反應，佳萱以為自己沒介紹清楚，又補充說明道。

張樹清回過神來，用色瞇瞇的眼神看著方正說：「想不到我們家小白長大啦，我就記得好像有看過她的樣子。」

「張大哥，你別亂瞎猜啊。」會意的方正，不好意思地說。

「本來想說如果抓到那個逃犯我鐵定會升官，看在你這次幫我立下大功的分上，我就不跟你收錢跟人偶了。」張樹清突然垮下了爐婆的臉說：「只是啊，你自己帶女朋友來放閃光給我看，卻沒有帶我家的芬芳來，這樣實在很不夠義氣，唉，難怪人家說有異性沒人性啦。」

看張樹清裝模作樣，假裝感嘆的樣子，方正瞇起了眼睛問：「所以你是想說……」

「我是想說，為了平衡我心裡的空虛，五百萬跟一個辣妹。」張樹清挑著爐婆的眉說道。方正白了張樹清一眼，喃喃自語：「結果還不是老樣子。」

「哼？我打了二五折超低優惠耶，啊不然原價。」

「好、好，五百萬、一個辣妹，成交。」

之前聽方正說，要找鬼差幫忙還要花錢送禮，總覺得有點不可思議，想不到竟然真有這麼回事。

佳萱大開眼界，看著方正苦著一張臉的樣子，佳萱則覺得有趣地微笑著。

「對了，那麼接下來，我們還需要做些什麼嗎？」感覺與張樹清漸漸熟悉起來，佳萱直接開口將話題轉回來，正色問道。

「這個啊，你們只要找到那個女人就好了。」張樹清說：「接下來只要等我們過去抓人，事情就解決了。」

「可是我們就找不到那個女人……」方正心虛地說。

「喔，那你們等一下，我先回去揺人，順便申請外出證，馬上就回來找你們。」張樹清再三叮嚀：「我說馬上，你們別跑，要等我喔。」

雖然張樹清一副很有信心的樣子，但回想起他先前的表現，方正與佳萱還是不免露出了不安的神情。

「安啦！」好似看出兩人的不安，張樹清拍著胸脯說：「我現在好歹也是高級鬼差了耶，到時候你們逮捕你們的人，我去抓我的鬼，咱們不見不散啊。」

說完，爐婆頭一點，臉上滿心歡喜的表情立刻沉了下來。

「怎麼樣？」

一聽到是爐婆的聲音，方正鬆了一口氣，將情況告訴爐婆。

「嗯，那接下來就看他的啦。」聽完方正說的話，爐婆點了點頭說：「好，五萬，看你是要刷卡還是付現。」

「啊？」方正張大了嘴，一臉不明白。

「嗯？老規矩，問一件事五萬，我又沒漲價，你是在哎什麼？」

「不是已經有 iPhone 了嗎？而且妳也沒找到人啊……」方正苦著臉問。

「夭壽喔，人家送媽媽哀鳳都是心甘情願，把它當成是一種孝心，我怎麼會有你這種乾兒子啦，送個哀鳳就要我拚老命幫你做那麼多事情，連鬼差都找上來了，啊，我歹命啦。」

「好、好、好，我給，我給。」

竟然一人一鬼都來這招坑人，讓方正覺得自己有種遇人不淑的感覺。

就這樣，方正還是付了錢給爐婆與張樹清。

此刻的方正只希望這次的事件如果真能夠像這樣，花錢了事就好了。

# 第5章・重創

## 1

阿山帶著僅存的幾名隊員，朝女鬼所說的方向前進。

從地點看來，很有可能在堤防發生了那些事情之後，那女嫌犯就徒步逃往這裡。

只是阿山始終不明白，為什麼阿火會拚了命想要殺害這名女嫌犯。

阿山就這樣帶著隊員，抵達了女鬼所說的運動公園。

深夜的運動公園，已經沒有人在這裡運動了。

在昏暗的燈光之下，阿山交代兩名隊員分別站在公園的兩個對角，一人看守兩面，如果真的看到了阿火，一定要立刻通知他。

阿山接著要其他隊員跟著自己不要分散，所有人提高警覺注意四周。

眾人繞了公園一圈，沒有找到任何可疑的人，後來一直找到了公園中央，才在籃球場發現已經暈過去的女嫌犯。

阿山上前一看，古佳節的確穿著照片上的那套衣服，但是整個面容完全不一樣。

「這到底是怎麼一回事？」阿山皺著眉頭說：「這女人到底是不是古佳節？為什麼長得跟資料照片上的完全不一樣？」

「阿火隊長有說，」其中一個阿火的隊員說：「這女人很可能是被鬼上身了，實際的情況我們不是很清楚，不過確實是她，因為這張臉有被該公司的監視器拍到離開辦公室的影像。」

「我知道她有可能是被鬼上身，但是變化能有這麼大嗎？這簡直就像是脫胎換骨了。」

畢竟阿火體內的鬼魂跑出來那麼多次，阿火的臉也都只是局部性的改變，基本還是認得出阿火本身的面貌，因此對於古佳節的改變，阿山才會如此難以置信。

阿山心想，如果這女人真的是被鬼上身，那麼只要把她身上的鬼收伏或驅走就好了，為什麼阿火會如此想要殺害她呢？

就在阿山這麼想的同時，古佳節「嗯」的一聲，緩緩張開了眼睛。

一張開眼睛就看到一堆男人圍著自己的古佳節，嚇得花容失色，掙扎著想要爬起來逃跑。

「別怕！」阿山告訴古佳節，「我們都是警察，我們不會傷害妳的。」

古佳節聽到阿山這麼說，打量了一下所有人後，冷冷地說：「上一個傷害我的人，就是你們警察。」

「放心，我們會保護妳，」阿山說：「雖然妳是嫌犯，但是我們不會隨便傷害妳的。」

古佳節打量著阿山，還沒開口回答，這時一名隊員匆匆忙忙地跑了過來。

「隊長！」來的人正是阿山剛剛吩咐看守公園入口的其中一名隊員，「阿火、阿火隊長來了！」

想不到阿火會來得這麼快，讓阿山原本打算將古佳節送到鄰近分局的計畫，被迫要有所改變。

「你們幾個先帶著古小姐到後面的公廁躲避一下。快！」阿山交代其他隊員。

其他隊員聽到之後，趕緊帶著古佳節離開籃球場，到後面的公廁去。

阿勇也跟著其他人正要過去，突然被阿山拉住。

「東西留下來。」阿山面無表情地說。

阿勇隨身都會帶著一個背包，裡面裝的就是那個不透明的塑膠袋。

阿勇知道阿山這時候說的，正是背包裡面的那個東西。

阿勇看了阿山一眼之後，緩緩將背包卸下，將背包放在阿山腳邊，然後跟著其他人一起到後面的公廁。

阿山留在籃球場，靜靜地等待著阿火的到來。

籃球場上，一片昏暗，只剩下阿山一個人佇立在場中央，彷彿是個沒有人願意跟他組隊比賽的籃球選手般失落。

寧靜的夜晚，只有輕風吹拂過樹葉的細微聲響。

清脆的腳步聲，由遠而近地朝籃球場走了過來，過沒多久，阿火的身影果真出現在籃球場的入口。

就好像西部電影中，等待著對決的槍手般，阿山這輩子也沒想過，自己會這樣等待著自己最要好的朋友。

阿火沉穩地走到了阿山面前。

「為什麼你會在這裡？」沒有驚訝的神情，阿火淡淡地問。

光從聲音與神情，阿山已經知道是誰在跟他說話。

「七哥，阿火呢？」

聽到阿山如此清楚地認出自己，七哥淡淡地笑道：「不愧是阿火在這世上最好的朋友，一眼就知道現在是我。」

「我需要見見阿火，讓阿火出來。」

「那女人呢？」沒有回應阿山的請求，七哥自顧自地四處張望。

「你想對那女人做什麼？」

聽到阿山這麼說，七哥停止了左顧右盼，沉吟了一會，冷冷地說：「殺了她。」

「為什麼？」

「我沒有時間跟你解釋，等我們殺了那個女人，自然會讓阿火出來跟你好好解釋。」

聽到七哥這麼說，阿山覺得憤怒到了極點。

他有一股衝動，想要把阿火身上這些鬼魂全部抓出來，一個一個痛扁一頓才過癮。

阿山咬著牙，恨恨地瞪著七哥，心中卻非常後悔，當時的自己為什麼沒有強迫阿火做那件事情。

## 2

兩年前——

在兩人還沒有加入方正特別行動小組前，某個週末阿山開著車，載著阿火，一路朝南開去。

「阿山，我們要去哪裡啊？」阿火問開車的阿山。

「去一個很重要的地方。」

「啊？」

「你相不相信你哥兒們？」

「相信啊。」

「那你就先別問那麼多，等等到了，我會告訴你的。」

阿山這樣告訴阿火，阿火聽了之後果真不再多問，靜靜地讓阿山載著自己一路朝南駛去。

就這樣開了差不多一個小時，阿山下了高速公路，然後將車子停在一間小廟前。

阿火下車之後，看著眼前的這間小廟，不太能夠了解阿山為何帶自己來這裡。

阿山這時突然拿了一瓶水與藥丸給阿火，並且跟阿火說：「來，先把這顆藥丸給吞了，然後我再告訴你，為什麼會帶你來這裡。」

阿火從阿山手中接過水與藥丸，考慮了一會之後，將藥丸配著水吞到肚子裡。

「很好，」阿山拍著阿火的背說：「這個藥丸是我跟法師求來的，他說只要吞了這顆藥丸，就可以讓你體內的那些鬼魂暫時安定下來，這樣它們就不會聽到我接下來要跟你說的話了。」

「喔？」

「聽著，我的好兄弟，」阿山指著小廟說：「今天，就是你重生的大好日子。」

「重生？」

「沒錯，事情是這樣的，我自從知道你的狀況之後，每天都一直盧我阿嬤，要她幫你想想辦法。」阿山得意地說：「我阿嬤一直幫我打聽，好不容易幫你打聽到了這間小廟裡面的法師。聽說他法力非常高強，可以把你身上所有的鬼全部趕出來，而且還可以幫你安元神，施法讓鬼魂不容易上你的身。」

聽到阿山這麼說，阿火一時之間不知道該如何反應。

「不過，」阿山自顧自地說下去，「這個法師收費有點高，聽說是以鬼魂數量來計算，一個鬼魂就要兩三萬，比較難驅的還要另外加價，所以要驅光你身上的鬼魂，幾十萬應該跑不掉。不過你放心，我們是好兄弟，這筆錢我可以跟我家人說，先幫你墊著，以後看你方便再還我就可以了。」

阿山見阿火沒有開心的表情，一時之間還以為阿火在為錢苦惱。

「當然，你不用擔心錢的問題啦，你就算將來還不起，那就算了，我也不會硬要跟你討啦，朋友一場嘛。」

阿火沉吟了一會，然後看著阿山問道：「那麼，那些被驅走的鬼魂，會去哪裡呢？」

「啊？」想不到阿火會問這個問題，阿山張大了嘴，愣了一會之後說：「你也太可愛了吧，你管它們會去哪裡，應該是跟以前一樣，變成孤魂野鬼之類的吧。」

聽到阿山這麼說，阿火的臉沉了下來，一臉失落。

看到阿火這樣，阿山苦笑著說：「怎麼？你該不會同情起那些鬼魂了吧？」

阿山原本是開玩笑的，結果阿火聽到阿山這麼說，他看著阿山，一臉抱歉的模樣，卻不像是在開玩笑。

看到阿火的模樣，阿山先是一愣，然後瞬間了解了。

就在那一瞬間，阿山了解了一件自己作夢也沒有想過的事情。

對阿山來說，常常看到阿火被這些鬼魂上身，並且搞砸很多事情。所以阿山理所當然覺得這些鬼魂帶給阿火許多困擾，但是阿火卻從來沒有抱怨過，甚至連今天這個驅鬼法師，也是阿山自己幫阿火找的，阿火從來就沒有要求過。

對阿山而言是如此，那麼對阿火而言呢？

從小就沒了爸爸，而唯一的至親媽媽卻拿他的身體當騙錢工具來施法，最後媽媽也因為這樣被惡鬼所殺。

這樣的阿火，人生之中也因為這些鬼魂的關係，沒有半個朋友。一無所有的他，只剩下這些陪伴在他身上的鬼魂啊。

在這樣的情況之下，會與這些鬼魂產生感情，似乎也沒有那麼難以理解。

阿山張大了嘴，對這樣的領悟不知道該哭還是該笑。

「對不起，」阿火垮著臉，誠心誠意地向阿山道歉說：「讓你這樣為我操心，我卻還……」

「哪裡，哈哈哈哈！」阿山大笑了幾聲，拍著阿山的肩膀說道：「你這樣說就傷感情了。沒事！沒事！是我自己沒想清楚！哈哈哈哈！走！我們去喝一杯！先前我已經來探過路了，我知道前面不遠的地方有間不錯的快炒店，我們去那吃好吃的，喝個幾杯，忘記今天的事情吧！」

阿山與阿火上了車，朝快炒店而去。

在那次之後，兩人再也沒有提過這件事情。

# 3

籃球場上，七哥上身的阿火與阿山，持續對峙著。

聽到七哥說它們要殺那個女人，讓阿山憤怒難當。

畢竟它們是鬼魂，不需要承擔法律責任。

然而阿火是人，而且還是警務人員，這樣隨便亂殺人，不等於直接害死阿火了？

一想到阿火當時因為不忍心這些鬼魂居無定所，所以婉拒了阿山的好意，現在再看看這些鬼魂不管阿火死活的行為，讓阿山更是怒火中燒。

「我再說最後一次，」阿山咬牙切齒地說：「把阿火放出來，不然不要怪我發狠了。」

「冷靜一點，」七哥冷冷地說：「我們時間真的不夠了。」

「那就不要怪我了。」

阿山這麼說的同時，以非常熟練的速度拿出了手銬，並且將自己的左手與阿火的右手銬在一起。

沒想到阿山會這麼做，七哥舉起手來，看著被銬住的右手。

「你這是何必呢？」七哥皺著眉頭說：「我們不想傷害你啊，你這不是逼我們嗎？」

阿山沒有回應，只是靜靜地用右手將自己身上的衣服解開。

想不到阿山銬住兩人之後，竟然開始脫衣服，這讓七哥十分不解。

「你這是在幹什麼？」七哥挑眉問道。

阿山仍然沒有回答，只是逕自將衣服給脫了，但是因為其中一隻手銬住了，所以無法完全脫下的衣服，全部集中在左手與阿火的右手之間。

脫完了衣服，阿山毫不囉嗦，「刷」的一聲脫下了褲子，露出了裡面穿的白色內褲。

「不要玩了，」七哥白了阿山一眼說道：「我是說真的，在你受傷之前，趕快解開手銬。」

「你們這群泯滅良心的孤魂野鬼，當年，我千辛萬苦幫阿火找到了法師，要把你們全部趕出阿火體內。」阿山歪著嘴一臉不屑地說：「阿火同情你們，不願意你們流浪街頭，想不到你們今天竟然這樣對他。」

聽到阿山這麼說，七哥臉色沉了下來。

阿山逕自打開了阿勇放在他腳邊的包包，從裡面緩緩拿出那件大紅外套。

「你們這群沒有見過地獄的膽小鬼，我今天就要你們看看地獄的模樣！」阿山嘴角勾出一抹微笑，充滿邪氣地說：「歡迎來到我的人生！」

# 4

「這孩子，絕對養不大。」

類似這樣的話，阿山的阿嬤已經不知道聽過多少次了。

——橫禍命，也就是俗稱的掃把星。

從出生開始，橫死似乎已經成了阿山注定的宿命。

打從娘胎出生，就被護士不小心摔在地上，經過搶救之後才撿回一條命，才剛穩定下來，誰知道保溫箱又突然起火，差點燒死躺在裡面的阿山。

接二連三的意外，讓學過幾年算命、非常迷信的阿山阿嬤，知道這孩子前途多舛。

果然，將孩子的八字拿給各家高人一批，得到的都是同樣的答案。

「這孩子要活下去會非常辛苦，妳這是何苦呢？死於非命是遲早的事情啦。」

在翻了一個專門用香爐算命的算命師的桌之後，脾氣非常牛的阿山阿嬤，下定決心一定要帶大這個孩子，拆了這些算命師的台。

於是，阿山的阿嬤更加鑽研算命，並且立志一定要幫阿山度過這艱難的宿命。

就好像糖尿病患者終生得要與針筒為伍般，阿山也注定與自己的橫禍命共度一生。

每一週，阿山的阿嬤都會幫阿山算好，該週忌什麼、該穿什麼，幾點的時候不能出門，幾點的時候要做什麼。

每天出門之前，阿山的阿嬤都會幫阿山檢查好服裝儀容，一切都準備妥當才能出門。

想不到，阿山真的在阿嬤的細心照料之下，越長越大。

而阿山的阿嬤與母親，為了讓這孩子可以盡情地活著，所有阿山想要做的事情，兩人幾乎都會支持。

讓每天都活得像生命的最後一天，就是阿山家人給阿山的最好教育。

隨著阿山越來越大，橫禍命就好像越催越急的索命牒令般，威力也越來越大。

以前阿山偶爾沒有注意，破了禁忌，還不見得會有立即的效果。

然而到現在，只要阿山一破禁忌，一拿掉護身符與吉祥物，橫禍立刻接踵而來。

原本還以為自己辦案沒有半點優勢，卻在一次意外中，被方正見識到阿山這種橫禍命的威力。

「我在一本小說有看到過一句話。」方正這樣告訴阿山，「那句話好像是說『你的不幸將會是你最大的力量』，當時我還在想，這是什麼鬼話，想不到真的在你身上應驗了。」

就這樣，在方正的提點之下，阿山靈機一動將這橫禍命，搖身一變成為自己的恐怖最終大絕招。

方正知道後，一度要禁止阿山使用，畢竟這等於拿自己的命在賭，但是又想到說不定反而會讓阿山在危急的時候，救了自己一命，所以只要求阿山絕對要慎用，並且用過之後一定要寫報告讓方正知道。

當天早上，阿山就是這樣拖著分屍案的嫌犯，上街體驗他的橫禍命。從阿勇手上接過大紅外套之後，阿山一邊往外走，一邊套上紅外套。

「你想幹嘛？你拉我出來又能怎麼樣？我沒犯罪，我不認就是不認。」嫌犯理直氣壯地說。

阿山沒有理會，自顧自地穿著外套，一隻手被限制住行動，要穿衣服顯得很不方便。

就在阿山把紅外套穿好，只差與嫌犯銬在一起的那一隻手沒有穿進去，從那一刻開始，路上就逐漸騷動了起來。

警察帶著嫌犯就這麼大剌剌地走在街頭，原本應該是很引人側目，但當阿山穿上了紅外套之後，就再也沒有人把目光焦點放在阿山身上了。

正當嫌犯還在吵個不停的時候，附近的路人注意到不遠處，有一輛轎車的行車路線有些不太對勁。

為了閃避一隻突然衝出來的野貓，那輛轎車打滑了一下，往對向車道偏了過去，但也很快地就又彎回原本的車道。

然而，彎回來之後卻不是直線行駛，方向盤就像抓不回來般，一直卡在偏右二十度的情況，越開越斜。

眼看車子在閃避完野貓之後，一路一直失控，從中間雙黃線回到內線車道，又插出去外線車道、機慢車道，最後朝路邊的房子衝去。

一見苗頭不對，人行道上的眾人各個嚇得花容失色，紛紛逃竄。

嫌犯很快就從路人的反應，發現了那失控的轎車。

「走！快走啊！」

嫌犯死命要將阿山拉走，阿山卻依然故我，一派輕鬆地走在人行道上。

嫌犯使盡吃奶力氣，試圖拖著與自己銬在一起的阿山往別處移動。

而原本斜直線前進的車子，竟離奇地隨著嫌犯拖行的方向不斷微調偏移，就好像導彈一樣，追蹤著兩人前進。

很快地，轎車來到了距離阿山與嫌犯不到一百公尺的地方。

就在這個時候，嫌犯竟然清楚地看到，轎車裡面是一名女性駕駛，她的雙手正驚慌失措地在耳際揮舞著，而車子的方向盤則在沒有人碰觸的情況下，不受控制地自己轉動著。

這時候，女駕駛與嫌犯就像照鏡子一樣，兩人都瞪大了雙眼看著對方，同時張大了嘴不停尖叫。

下一秒，失控的汽車撞了過來，從嫌犯與阿山的屁股擦了過去，後照鏡與嫌犯的背脊僅僅只有一公分的差距。

掠過嫌犯屁股的汽車，就這麼直直撞進了休息中的店家騎樓裡，發出「砰」的一聲巨響。

女駕駛第一時間鑽出車外，驚魂未定地往反方向逃得遠遠的。

被嚇得愣了老半天，硬被阿山拖著走的嫌犯，看見女駕駛從旁邊急速奔走而過的樣子，才瞬間清醒過來。

「喂，那女人想殺人啊！你不是警察嗎？她開車衝撞我們耶，快把她抓起來啊！」嫌犯一臉驚恐地叫道。

「怎麼樣？你認不認罪？」阿山在乎的，只有跟自己銬在一起的這名嫌犯，願不願意認罪。

「你不會想說，這場車禍是我造成的吧？她是現行犯耶！」

嫌犯回過頭去，指著車禍現場。

「轟」的一聲悶響，失控的轎車突然爆炸起火燃燒。

爆炸威力驚人，產生的風壓將隔壁騎樓外的消防栓震飛。

被炸毀的消防栓殘骸，以子彈般的速度噴射出去，朝嫌犯正面飛來，從阿山與嫌犯的臉頰兩側劃過。

嫌犯嚇得雙腿一軟，連滾帶爬往後退，退到了騎樓外。

就連阿山也被連累，跟著彎下腰走到騎樓外。

被炸掉的消防栓水孔，噴出兩層樓高的水柱，在地上積了一灘水，也減緩了火燒車的火勢。

灑在嫌犯臉上的水滴，雖然不是雨水，而是從斷裂的消防栓噴出的，但嫌犯卻感覺頭頂上陰陰的，天空似乎逐漸暗了下來。

嫌犯順勢抬頭一看，自己頭上有一大塊搖搖欲墜的招牌，正一點一點地往下掉。

「你還不認罪？」阿山又問。

看著螺絲逐漸鬆脫的招牌，嫌犯死命地搖頭。

殊不知他是不認罪，還是不希望招牌掉下來。

眼看嫌犯還是不肯認罪，阿山冷冷地說：「你不認的話，災難就會一直發生，如果你乾脆一點認罪，這一切很快就會結束了。」

害怕得想要快點離開這裡的嫌犯，拚命拉著阿山，試圖想要站起身來。

「啪」的一聲，招牌瞬間脫落。

就在招牌落下的瞬間，阿山的紅外套因為嫌犯的拉扯掉了半邊，而招牌墜落時，也因為空氣阻力，在空中些微轉變動向，恰巧撞到了隔壁大樓的遮雨棚，改變了落點。

「磅」一聲，招牌就這麼砸在嫌犯的雙腿之間。

也就是在這個時候，嫌犯嚇得尿濕了褲子，與地上的淹水混在一起，染黃了水坑。

看到嫌犯竟然被嚇到閃尿，阿山急忙跳開，踮著腳尖盡可能站離嫌犯遠一點。

想不到這嫌犯會如此難纏，阿山重新穿好紅外套，眼角餘光瞥見了旁邊有一閃一閃的亮光。

轉頭一看，阿山臉都綠了。

「我勸你還是快點認罪，接下來的，可不是開玩笑的。」阿山指著斜前方說。

嫌犯渾身發抖，順著阿山的手看過去。

一個似乎因為剛剛的爆炸衝擊受損的高壓電箱，劈里啪啦地不斷冒出陣陣火花。

而地上的積水，正緩緩流向電箱，最重要的是，這灘積水的另一端，就在自己的屁股下面。

這水坑範圍不小，以一個雙腿無力的人來說，要逃可沒那麼容易。

一旦積水流到了高壓電箱，後果可不堪設想。

眼看積水就快要流到電箱下方了，阿山急著追問：「快說啊，你到底認不認罪？」

嫌犯瞪大了眼，一臉驚恐萬分，瘋狂地點著頭。

「認、認、我認！」

一聽到嫌犯認了，阿山立刻脫下紅外套。

水流竟然就在電箱前面轉了彎，往另一個肉眼看不出來，較為低窪的方向流去，避開了電箱。

而此時的嫌犯，早已嚇到精神錯亂，一路喃喃自語，任憑阿山拖著他，回到了分局門口。

活到今天，阿山已經非常了解該怎麼控制自己的吉凶。

雖然開了大絕，但阿山有十分的把握，絕對不會鬧出人命。

減一分則太少，增一分則太多，阿山選了只多穿一件紅外套，剛好可以達到嚇嚇兇嫌的目的，還不至於會讓兇嫌受傷。

這就是阿山已經泰然面對，並將自己的橫禍命，運用得淋漓盡致的證明。

## 5

為了讓橫禍命在短時間內達到最完美的效果，阿山脫掉了身上所有的衣褲，因為這些都是阿山阿嬤為他挑選，不但有阿山本週的吉祥色，還有避凶的效果。

只穿著一件白內褲的阿山，緩緩從袋子裡面拿出大紅外套。

這件大紅外套正是本週阿山最忌諱的顏色與衣服。

在驅吉進忌的雙重火力之下，橫禍命立刻顯現出它恐怖的威力。

就在七哥上身的阿火還搞不清楚阿山在幹什麼的時候，身後突然傳來一陣刺耳的聲響。

只見照明用的燈柱，不知道為什麼突然朝兩人這個方向倒了下來。

眼看燈柱就快要打到兩人，七哥驚慌地拉著阿山想要躲避。

阿山卻彷彿對這種大災大難習以為常，動也不動地瞪著七哥，對朝兩人倒下的燈柱視若無睹。

看到七哥驚恐的模樣，阿山更加憤怒。

「你們不是很跩嗎？」阿山怒斥，「隨便拿阿火的命開玩笑，不要躲啊！」

燈柱倒在兩人腳邊，只差幾公分就會壓到兩人，七哥瞪大雙眼，驚魂未定。

「你瘋啦！」七哥大吼。

「去你的！」

憤怒的阿山舉起握著紅外套的手，狠狠一拳打在七哥的臉上。

七哥臉色一變，阿火的臉也跟著扭曲，一個女人的聲音從阿火的口中叫道：「別這樣！」

「誰來也沒用！」

阿山憤怒到極點，繼續朝著阿火的臉上連揮了好幾拳。

阿火的臉被阿山這樣連揍了幾拳，鮮血立刻從嘴裡噴了出來。

「把阿火放出來，不然我們就一起死在這裡！」阿山邊打邊叫。

這時，身後的籃球架震了一下，又朝著兩人身上倒了下來。

碩大的籃球框，直直朝兩人而來，肯定就要砸上兩人了。

阿火突然張大了口，咆哮出聲：「阿巴！」

阿巴上身的阿火，立刻展現出蠻力，用力一扯，把阿火與阿山在千鈞一髮之際拉出倒下的籃球框架。

「躲也沒用！」阿山叫道：「想活命就讓阿火出來！」

阿巴好不容易將阿山與阿火一起拖出來，想不到阿山竟然整個跳到了阿火的背上。

「別那麼激動！阿山，你冷靜點！」說話的是一向位高權重，在阿火體內頗具聲望的三叔。

「三叔！我不是開玩笑的！你再不讓阿火出來，我們真的會一起死在這裡！」

就在阿山這麼說的同時，天空突然冒出了火光。

三叔一抬頭，只見一顆火球正從天而降，朝兩人而來。

三叔拉著阿山想逃，但是阿山卻狠狠地拉住手銬。

就在火球快要砸中兩人之際，阿火臉色又是一扭，叫道：「不要啊！」

阿山一聽聲音正是阿火，趕緊丟掉手中的外套，朝阿火一撲。

「砰」的一聲，火球砸中了籃球場的水泥地板，留下了一個坑洞。

想不到這顆火球竟然是一顆籃球大小的隕石，如果剛剛阿山遲上個半秒，恐怕兩人真的會變成一團肉泥了。

「我的媽啊！」

阿山驚魂未定地看著那顆墜落的隕石。

想不到自己的橫禍命竟然連隕石都可以吸引過來，這還真是破天荒第一次。

眼看阿火已經沒事了，阿山趕緊站起來，並且開始伸手拉著夾在兩人之間的衣服。

「阿火，你沒事吧？」阿山問。

阿火跪在地上，大口大口地喘著氣。

「對不起，我不這樣，他們不肯放你出來。」阿山看著跪在自己面前的阿火說。

這時，一點紅色吸引到阿山的注意力。

原來在阿山的白色內褲上，竟然有一兩點紅色的血跡。

這應該是剛剛阿山動手打阿火時，沾染到了阿火的血跡。

阿山下意識想要脫了內褲，畢竟紅色正是本週自己最忌諱的顏色。

偏偏這時阿火正跪在地上，頭就在自己內褲附近，雖然兩人情同兄弟，但是也不能就這樣脫下內褲吧？

雖然半夜應該不會有人，但萬一真的被路人或隊員們看見了，這下可就跳到黃河都洗不清了。

就在阿山還拿不定主意該怎麼處理這條內褲的時候，身後突然傳來一陣腳步聲。

阿山轉頭過去，看到古佳節正朝兩人而來，似乎是被剛剛那一連串的意外聲響嚇到，所以才會出來查看。

「沒事，妳不用怕。」

阿山雖然安慰著古佳節，但是心中所牽掛的還是那沾到血跡的內褲該怎麼處理。

看著內褲上那兩點血跡，阿山心想，才兩點應該沒關係吧？

就在阿山這麼想的同時，背部突然傳來一陣劇烈的疼痛。

「嗚……」

阿山回過頭，只見自己的背後靠近腰部的地方，竟然一陣血紅。

媽的，兩點小紅點也不行啊。

阿山在心中吶喊，但是身體卻已經支撐不住，雙腿一軟，倒在地上。

阿火抬起頭來，看到阿山軟倒，而在阿山的背後，正是拿著刀子的古佳節。

不能配槍的阿火，立刻抽出阿山腰際的手槍，朝古佳節開槍。

「砰砰砰」的連續幾聲槍響，古佳節動作異常敏捷，在阿火還沒開槍之前，就已經側開身子，並且朝外面一跳。

阿火瞄準後又開了幾槍，但是都沒能射中快速跑離籃球場的古佳節。

被古佳節刺了一刀的阿山，大量的失血瞬間染紅了水泥地。

阿火看到整個慌了，抱著阿山叫道：「阿山，撐著點！」

阿山嘴唇微顫，彷彿想要說話，但是卻發不太出聲音。

阿火湊耳過去，只聽見阿山微弱的聲音說：「內褲……應該……要買防水的。」

阿山說完，雙眼一閉，身體呈自然垂放狀態，不管阿火怎麼叫，阿山都沒有任何反應。

# 第6章・復仇

## 1

想不到一夜之間，方正特別行動小組會面臨如此的巨變。

兩組成員受傷，已經讓方正焦頭爛額。

而當阿山被嫌犯刺殺中刀的消息傳到方正耳中時，方正與佳萓才剛從爐婆的住處離開。

當阿山與阿火在籃球場對峙時，嫌犯古佳節再度施展她的威力，把負責保護看守她的隊員，全部制伏之後，到籃球場行刺阿山後逃離。

阿火緊急將眾人送往醫院。

兩組隊員掛彩，加上一個組長重傷，生死未明，這對方正特別行動小組來說，可以算是毀滅性的大災難。

急診室外，阿火痛苦地抱著自己的頭。

對於這樣的情況，阿火的責任最重。

他沒能壓住體內的鬼魂，演變成這些鬼魂想要殺害女嫌犯，而大家為了保護自己，竟然引發了這一連串的悲劇。

這一切的苦，阿火也不知道該向誰說。

楓與小琳在得知消息之後，也奉方正的命令，立刻趕往醫院。

當楓與小琳趕到醫院的時候，醫生已經緊急將阿山推入開刀房。

在外面無助等待的阿火，人生第一次痛恨自己體內的惡靈。

「冷靜，你需要的是絕對的冷靜。」

這是阿火每次出院時，醫生再三告誡他的話。

然而，這卻不是一件簡單的事情。

一切都是從見到那名女嫌犯開始，整起事件就朝著毀滅性的暴走方向前進。

一見到那名女嫌犯，阿火就立刻感覺到體內靈體們前所未有的騷動。

這些日子以來的勞累，讓精神力本來就較不佳的阿火，又比平時衰弱許多，再加上這樣的騷動，是阿火從來沒有遇過的，這也使他更加虛弱。

果然，就在偵訊嫌疑犯的時候，阿火再也控制不住自己體內的靈體，竟然失控要殺害女嫌犯。

而阿火自身，一開始也不清楚為何體內的靈體會如此激動，直到女嫌犯出手，阿火才了解，原來這是它們這些靈體本能的反應。

就好像小動物在遇到猛獸時的自然反應，可能是被動防衛，也可能是逃離搬遷又或者是主動出擊，而為了保衛像自己家園一樣的阿火身體，它們選擇了後者。

它們知道這女人的危險，所以在生命飽受威脅之下，其中一個靈體打算趁那女人力量還沒有恢復之前，先下手為強，將之殺害。

可是每次總在好不容易快要得手之際，被阿山阻止了。

這段期間，阿火沒能控制住自己的鬼魂，而阿山卻捨身保護，讓他不至於成為殺人犯，但自己反而被那女人所傷，現在有生命的危險。

激動的情緒，讓阿火的控制力大受影響。

而體內的靈體，也深知闖下大禍，不安地騷動著。

坐在開刀房外，阿火的臉極度扭曲，不斷變化的表情與臉孔，這是紅色警戒的狀態。

靈體騷動，一旦發生這樣的情況，代表著阿火又得要回去療養院了。

方正曾經告知其他三組組長以及阿火小隊的成員，一旦阿火有了這種反應，不管是否有任務在身，都需要將阿火立刻送回療養院，並且通知方正。

這時，一起守在開刀房外，等著方正與醫師的楓與小琳兩人，看到了阿火產生這樣的變化，互看了一眼。

「你已經不行了，阿火，」楓冷冷地說：「阿山的事情交給我們吧，我請隊員先送你回醫院。」

聽到楓這樣說，阿火用力地甩了甩頭，表情痛苦地說：「別這樣，楓，不要逼我回去。」

「不行。」

楓果斷地拒絕了阿火，向守在通道的隊員揮了揮手。

兩名第一小組的隊員，立刻跑了過來。

「帶阿火隊長回去療養院。」楓淡淡地下令：「這是大隊長的命令。」

兩名隊員聽到之後，過去想要扶阿火。

手才剛碰到阿火，就被阿火激動地揮開。

「不要！」阿火怒斥：「滾！」

兩名隊員被阿火揮開，不敢硬上，只能愣在原地看著楓。

「你連自己體內的靈體都壓不住，你還能辦案嗎？」楓說。

阿火仰著頭、抿著嘴，臉部的表情不再扭曲，可是取而代之的是痛苦與掙扎的表情。

「我會壓住的。」阿火辛苦地說：「那女人傷害了阿山，我不能就這樣回療養院。」

「你如果能夠壓住的話，事情就不會發展到現在這個地步了，不是嗎？」

一向冷靜的楓，此時語氣也有點激動了。

阿火聽到楓這麼說，憤怒地握著拳頭，全身也開始顫抖不已。

「好了，楓，妳就少說一句吧！」原本在旁邊沒有開口的小琳說道：「阿火跟阿山的交情妳又不是不知道，阿山現在人在開刀房，妳要阿火怎麼可能安心離開？大隊長已經快到了，等大隊長來再決定也可以吧？」

「妳自己看看阿火，」楓冷冷地說：「妳不要說妳沒有看到阿火剛剛的狀態，大隊長說過，一旦他有這樣的狀態，就要立刻送他回療養院，妳不知道嗎？」

「我當然知道，我只是說，讓他在這邊等著也沒什麼不好的。」

「我不管什麼好不好的，我只知道大隊長給過我這個命令，我現在只是照著命令行事而已。」

「妳可不可以不要把警察當作好像機器人一樣？」小琳不以為然地說：「會發生這樣的事情，我相信也不是阿火願意的，妳就不能體諒一下他現在的心情嗎？」

「妳說這什麼話？」楓一臉不悅地說：「於公於私，我都認為現在應該先讓阿火回去療養院，難道這不是一種體諒嗎？」

眼看兩人就要吵起來了，兩名隊員愣在原地不知道該怎麼辦，而一旁的阿火，就在這個時候，突然轉身朝出口跑了過去。

兩人正準備繼續吵下去，看到阿火突然逃跑，楓立刻要兩名隊員去追阿火。

眼看阿火逃出去，楓憤恨地轉過頭來瞪著小琳說：「妳看，現在要怎麼跟大隊長交代？」

「還不是因為妳執意要送他回療養院，不然阿火也不需要逃！」

就在兩人妳一言我一語的同時，方正與佳萱已經趕來，親眼目睹了這一幕。

兩人見到方正回來，都閉上了嘴，不再爭論下去。

佳萱責備地瞪了兩人一眼問道：「這到底是怎麼一回事？」

兩人互看一眼之後，將阿火堅持不肯回療養院的事情告訴了方正。

方正聽完之後，痛心地閉上了眼睛。

時間已經越來越少了，原本還期望這些自己一手帶起來的組員們，可以在自己離開警界之後，扛起這份重責。

可是此刻卻四分五裂，先是阿火與阿山的組員互相射擊的事件，然後是楓與小琳之間的水火不容，更是讓方正感覺到頭痛。

「妳們覺得阿火會去哪裡？」方正閉著眼睛問。

「應該是去找那名女嫌犯……」小琳低著頭說。

方正張開眼睛，沉著臉說：「要嘛，妳們就同心協力，把阿火送去療養院；要嘛，就跟阿火一起去，做他最好的後盾。在這裡爭論，卻放自己的同伴一個人走，我是這樣告訴妳們的嗎？只顧著爭論，妳們這樣跟失控的阿火又有什麼不同？」

聽到方正這麼說，兩人也慚愧地低下了頭。

自從擴編以來，方正對於手下多半是獎勵多於責備，如此嚴厲地責備兩人，是前所未見的。

而平常也會在旁邊幫忙緩頰的佳萱，這次也沒有開口。

就在這個時候，手術中的看板燈光暗了下來。

眾人轉過了頭，看著手術室的門。

過了一會，手術室的門緩緩打開來。

醫生走了出來，方正立刻上前問道：「醫生，阿山他沒事吧？」

醫生嘆了口氣，搖了搖頭後，將阿山的情況告訴了方正。

聽完之後，方正緊閉雙眼，佳萱摀住了嘴。

## 2

在逃出醫院後，阿火一路狂奔。

對阿火來說，現在最重要的事情，就是要找到那個女人——古佳節。

雖然在運動公園讓她逃了，但是透過身上感應強大的靈體，阿火知道古佳節會去什麼地方。

稍作休息之後，阿火邁開腳步，朝著目的地出發。

在方正等人正為了阿山的傷勢心痛時，阿火賭上自己的人生，他下定決心，就算贏不了那女人，也要跟那女人同歸於盡。

星空下，借婆冷冷地望著天空。

今天，真是漫長的一天。

不只對方正特別行動小組來說，對借婆來說也是如此。

借婆不禁自問，冷眼看著因果，不是自己最擅長的嗎？

既然這樣，又為何會如此心痛呢？

早就已經看透所有彷彿重播般的人間悲劇，為什麼只有這一齣，會讓借婆如此牽掛？

當然，她是應該的，但是其他人呢？

當借婆看見那把刀子插入阿山背後的時候，借婆的心也跟著揪成了一團。

在所有人的眼中，那刀是古佳節刺入阿山背後的。

然而，在借婆的眼中，那刀不但是阿火刺的，更是阿山自願挨的。

只是，現在的他們，並沒有那麼深的領悟而已。

一切都是因果，萬物皆是輪迴。

看著阿火朝古佳節的方向前進，一場大戰在所難免。

只是反看在這兩人背後所背負的因果來說，又何嘗不是同病相憐呢？

兩人的存在，都是自己至親的眼中釘。

這或許是人世間最悲哀的一件事情吧？

借婆深深地嘆了一口氣，感同身受的她，最讓她哀痛的也是這件事情啊。

身為借婆，她當然知道古佳節的過去，也知道現在發生在古佳節身上的是什麼情況。

破地獄法，也就是俗稱的目連之術。

當然借婆也非常清楚，如果在進入丑時之時，也就是在一個小時內，阿火沒辦法殺了古佳節，那麼阿火就會反被古佳節所殺。

## 3

透過身上這些鬼魂之間的感應，阿火很清楚地知道古佳節的位置。

但是隨著兩人之間的距離越來越近，阿火體內鬼魂的騷動就越來越激烈。

阿火非常努力，不讓自己的控制力再次失控，奮力壓著這些鬼魂的騷動。

「別去吧，阿火。」

無法控制阿火身體的鬼魂們，只能短暫地控制住阿火的嘴，試圖說服阿火。

# 4

古佳節緩緩張開雙眼。

為了躲避那些糾纏不清的警察，她盡可能逃往人煙稀少的地方。

在跟阿火交手過後，她知道阿火身上有很多鬼魂，也知道這些鬼魂可以像獵犬一樣，發現自己的所在地。

偏偏現在的自己還沒完成轉生，在這種感應能力上面還無法與這些遊蕩人世間那麼久的孤魂野鬼相提並論。

不過再過一個小時，她就算是完成了轉生，屆時情況便會完全不同。

當然她也知道，這樣的轉生，並不是她自己願意的，而那些讓她轉生的人，他們並不是希望她好，而是希望她可以快點成為人之後死去。

回想自己的過去，從果敢地嫁給那個男人，陪著他征戰天下。

為了鞏固他的地位，她也幫助那男人剷除了不少敵人。

最後就為了幾件事情，她的一生毀譽參半。

在地獄先懲惡後獎善的輪迴之下，為了自己人生的惡，她落入無間地獄。

從那之後的每一天，她都在地獄中醒來，最後在虐殺中死去，日復一日，永無止境，是謂

「無間」。

對這樣的她來說，什麼樣的風浪沒有見過。

無間地獄的痛，成就了她無比的威力，在無間地獄裡，每一次所承受的痛，都將化為力量。因此，在無間地獄裡越久，出來就越有力量，然而這股力量，卻會隨著轉生輪迴而消失。只是如今的她，並沒有經過轉生，而是被人用儀式召回人間，因此，在她完全甦醒之後，將會擁有一股強大的力量。

但是，為了洗滌自己的罪孽，她在無間地獄承受了兩千年的酷刑，為的就是在懲完惡之後，將來轉世到人間，能夠讓她因為前世做的好事，在下一世有好的獎善回報。

眼看好不容易就快要服滿無間之刑，痛苦的地獄生涯就要過去了，接下來便是來世的獎善，現在卻被拉上人世間，被迫成了地獄逃犯，她的怨恨可想而知。

這讓她毫無選擇，只能永遠滯留人間，不再回去地獄了。

只是她料想不到的是，才剛轉生到人世間，連魂都還沒安定，就被一個宛如人間列車般，被近百個鬼魂上身的警察盯上。

那警察一定是透過身上的鬼魂，知道了自己潛藏的力量，所以一見面沒多久就想直接殺害魂還沒安好的她。

那個瘋狂的警察讓她想到了「那個女人」。

就因為殺害了「那個女人」，她才會有如此深的罪孽。

即便如此，若是時間可以倒流，她還是會毫不考慮再做一次。

所以，只要完成了轉生，相信憑自己這股在無間地獄所淬鍊出來的恐怖能力，她絕對可以對付那個警察，並且讓那個警察嚐嚐跟「那個女人」一樣的痛苦。

就在古佳節這麼想的同時，背後突然傳來了一陣陰冷的笑聲。

猛一回頭，阿火就站在不遠處，一邊喘一邊笑。

古佳節看了看手錶，距離丑時只剩下半小時。

「我不會讓妳得逞的。」阿火咬著牙說。

「哼，走著瞧。」古佳節冷冷地說。

見到了古佳節，也正意味著「生米煮成了熟飯」，已經沒有退路了。

這點不需要阿火解釋，在體內的那些靈體也非常清楚。

事到如今，也只能奮力一搏了，只要能在三十分鐘之內，殺掉這個古佳節，或許還有一線生機。

阿火的身體不再受到束縛，相反的，從他體內正源源不絕地產生出一種能量，這是這些鬼魂準備與阿火站在同一陣線，對抗外敵的證明。

距離上一次古佳節施法制伏了阿山的組員，已經過了一段時間了，換言之，雖然還沒有轉生，但是類似這樣的能力，古佳節應該也恢復得差不多了。

阿火不敢大意，一步步朝著古佳節靠近。

另外一邊的古佳節，也知道阿火心裡打著什麼算盤，於是按兵不動，仔細看著阿火的動作。

古佳節原本打算一路朝山上逃，只要能夠熬過這半小時，她就再也不需要逃跑了。

可是想不到阿火竟然會如此鍥而不捨，在這最後的半小時中追上了她。

阿火停住了腳步，兩人之間的距離不到三公尺。

古佳節仍然不動聲色，阿火見狀，調整了一下氣息後，朝古佳節發動了攻擊。

阿火躍向古佳節，伸出手來想要抓住古佳節的衣領。

古佳節早有準備，向後一仰避開阿火的這一抓，順勢朝阿火的腹部踢過去。

阿火一抓沒有得手，也不管那一腳朝腹部而來的攻擊，將手握成拳頭朝古佳節打去。

就在古佳節的腳即將踢中阿火腹部之際，阿火的腹部竟然伸出了一隻白霧般的手，將古佳節的腳拍掉。

古佳節訝異之餘，也躲不掉阿火的拳頭，臉部重重地被阿火擊中。

這一擊與其說是拳頭帶給古佳節疼痛，還不如說是腹部的那隻手讓古佳節更為驚恐。

即便這些鬼魂常年居住在阿火體內，想要離開也已經不可能了，但是想要短暫從阿火體內衝出來，真要做還是有辦法的。

這樣一來，原本還認為憑自己殘留的一點法力絕對可以對付阿火一個人的古佳節，瞬間變成必須同時對付阿火身上所有的鬼魂。

但是終究是見過煉獄的女人，古佳節不過是一愣，隨即朝阿火撲了上去。

阿火完全沒有想到古佳節會如此迅速地朝自己攻過來，才剛抬頭，古佳節的一拳隨即迎面而來。

眼看拳頭就要擊中阿火，一個黑影突然從阿火的體內挺了出來，擋在阿火前面。

擋住了這一拳的，不是別人，正是阿巴。

就在阿巴幫阿火卸掉了古佳節拳頭力道的同時，阿火本尊又一拳揮中了古佳節。

古佳節被這一拳打到飛了起來，而與此同時，諸多黑影從阿火身上飛了出來，朝古佳節左一拳、右一腳地不斷攻擊。

想不到戰況會如此一面倒，古佳節震驚，就連阿火與所有在阿火身上的靈魂們也都驚訝不已。

從古至今，沒有任何人可以從無間煉獄中逃出來，古佳節可以算是第一個，但是想不到逃出來不過一天，竟然就要被一個無名的小警察給打到魂飛魄散。

這樣的結果，是古佳節不能接受的。

偏偏現在魂還未安，如果古佳節的肉體就這樣被阿火殺了，還沒凝聚好三魂七魄的她，也會立刻潰散。

就差不到半小時，結果會是天壤之別。

只要魂安好，就算肉體被殺害，她也可以像孤魂野鬼，不，她會比任何孤魂野鬼都還要強大。

她在無間煉獄待了兩千年，卻要毀在這不到三十分鐘的時間裡面。

古佳節說什麼也不能接受。

雖然佔了上風，但是從來不曾這樣運用鬼魂的力量，阿火感到頭痛欲裂，而且全身痠痛。

畢竟光是衝出阿火身體之外，就需要讓這些鬼魂花上很大的力量，而這些鬼魂跟阿火的身體又是互存體，所以疲勞當然也都全部累積在阿火的肉體中。

簡單來說，如果阿火體內的鬼魂一人出一拳，對阿火的肉體來說就是揮了七、八十拳。

這樣激烈的能量消耗，很快就會讓阿火體力耗盡，所以阿火決定速戰速決。

阿火衝向好不容易站起來的古佳節，古佳節見狀，身子一側想要躲開，可是阿火雙手一伸，緊緊地掐住了古佳節的脖子。

這一次，阿火一定要讓古佳節死在這裡。

古佳節被阿火掐住，想要掙扎，但不管是動手還是動腳，都會被阿火體內的鬼魂擋掉。

眼看阿火似乎不顧一切都要殺了自己，古佳節知道自己再不出手不行了。

她握緊了拳頭，將自己最後所剩的力量全部集中在這一拳，朝阿火的胸口打過去。

這一下幾乎用盡了古佳節所有的力量，力量完全不亞於先前在分局中造成大爆炸的力度。

阿火體內的鬼魂雖然伸出手想要抵擋，但是古佳節的拳頭穿透了這些鬼魂的手，直直擊中阿火的胸口。

雖然早就有心理準備，古佳節會不顧一切用出法力，但是阿火仍然被這一擊震飛，以驚人的速度直直飛向後面，朝山壁的方向撞了過去。

以阿火這樣的速度，如果直直撞上山壁，就算不當場慘死，恐怕也會多處骨折。

而古佳節一擊得手，把握機會以飛快的速度衝向阿火。

就算撞不死阿火，古佳節也要保證接下來這一擊可以讓阿火命喪當場。

阿火筆直地撞上了山壁，與此同時，古佳節也衝到了阿火面前，掄起拳頭直直擊向阿火的頭。

「砰」的一聲巨響，兩人動也不動地黏在山壁邊。

阿火張大了雙眼，看著那距離自己眼珠不到一公分的拳頭。

阿火的身後距離山壁不到五公分，數以十計的手從阿火的背部伸了出來，幫阿火擋住了這致命的一撞。

而阿火的正面，也伸出同樣數量的手，緊緊地抓住了古佳節的手。

想不到自己這連續的攻擊，竟然還是被阿火體內的鬼魂們擋下。

古佳節雖然悔恨，但是也無可奈何。

那數以十計的手，同時用力一扭，將古佳節的手瞬間折斷。

「嗚啊！」

古佳節痛到尖叫，而阿火體內的鬼魂一點也不敢放鬆，從阿火的腹部又伸出一隻腳將古佳節踹倒。

劇烈的疼痛讓古佳節痛到在地上打滾，與此同時，古佳節身上藏著的那把刺殺阿山的刀，也因此掉落在她身邊。

阿火喘著氣，朝古佳節走過去。

每走一步，都讓阿火感覺全身的骨頭快要散了。

不過這些都不重要了，阿火走到古佳節身邊，將那把刺過阿山的刀拿了起來。

原本阿火身上帶著阿山的槍，他希望最後可以用這把只剩下一發子彈的槍，來為阿山報仇。

但是看到這把刀，阿火改變了主意。

以其人之道還治其人之身。

終於，只要將刀子插入這女人的胸口，今天就結束了。

早在阿山被這女人刺傷的同時，阿火就已經不再管自己接下來會受到怎麼樣的處分。

阿火走向古佳節，此刻的他，終於了解到那句「我不入地獄，誰入地獄」的涵義了。

地上的古佳節，失去了抵抗的力量，剛剛那一下，已經賭上她最後的力量了。

她兩眼瞪著阿火，阿火卻視若無睹地高高舉起刀子，對準了古佳節的心臟，用力刺了下去。

## 5

這是怎麼一回事？

阿火緩緩站起來，渾身顫抖不已。

地上的古佳節完全沒有動作，但是此刻的她，臉上也是寫滿了訝異的神情。

明明是對準了古佳節的心臟，但是此時刀子卻是插在阿火的肩膀上。

鮮血瞬間染紅了阿火的左肩，但是比起身上的疼痛，阿火更不能接受的是眼前的一切。

就在剛剛阿火對準古佳節的心臟刺下去的時候，一團黑影以飛快的速度，打中了那把刀，刀子順勢一轉，竟然直直刺入阿火的左肩。

阿火退了幾步，眼前突然一團黑影朝自己襲來。

受了傷的阿火，根本來不及反應，就被這團黑影擊中，整個人飛了出去。

此刻不只阿火，就連在阿火體內的靈體們，也騷動不已。

因為它們清楚地知道，來者不是人，而是一個鬼，一個惡鬼。

阿火從地上掙扎坐了起來，看著那團黑影，一種熟悉的感覺襲上心頭。

「好久不見了。」那黑影幽幽地說：「你長大了，小棠。」

聽到那黑影的聲音，阿火整個人寒毛直豎，渾身顫抖。

「媽……媽，為什麼？」阿火喃喃地說。

萬萬想不到這團襲擊自己的黑影，會是死去多年的母親。

阿火看著母親的臉，驚恐萬分。

而一旁的古佳節，也被這突如其來的母子重逢，搞得一頭霧水。

# 第7章．血親

## 1

打從一開始，阿火就不是個父母所期待的孩子。

阿火的父親在阿火剛於媽媽腹中成形的時候，就離開了他們。

為了挽回阿火爸爸的心，阿火的母親吳麗樺執意生下阿火，就算阿火的爸爸不認阿火，她還是決定讓阿火從父姓。

然而不管吳麗樺怎麼努力，始終挽回不了負心漢的心，這讓她十分後悔生下阿火。

眼看親情攻勢無效，迷信的吳麗樺轉而期望法術的力量。

但是吳麗樺不正的心術，最後也沒能學到正派法術，卻反而在偷看偷學的情況下，學到了招魂養鬼術。

只是這個法術需要用到一個容器，吳麗樺選擇了讓自己的親生骨肉，成為這個法術的犧牲品。

最後吳麗樺也因招來了惡鬼，被惡鬼所殺。

然而，吳麗樺的死並不是她的終點。

因為被自己招來的惡鬼所殺，所以下了地獄之後，陽壽未盡的她只能待在枉死城內。

在枉死城的日子並不好過，但是這些都還不算什麼。

大約在四年前，吳麗樺的陽壽已盡，所以理應可以到閻王殿前，審視自己的一生，付出她應付的代價，然後受到該有的懲罰，接著重新輪迴，再度轉世。

可是，吳麗樺卻因為一件她在人世間所犯下的罪孽，必須付出代價。

那個罪孽就是阿火。

身為母親的她，沒有好好照顧阿火，反而把阿火當成了陰毒法術的工具，誤了阿火的一生。

換言之，阿火的一生，都會飽受吳麗樺的折磨。

然而只要阿火還活著，吳麗樺的罪孽也就會一天天增加。

因此，吳麗樺必須等到阿火死亡，確定他這輩子究竟受了多少的苦，才能決定自己的罪孽有多深重，也才能進行地獄的審判。

這段時間吳麗樺就只能繼續待在枉死城，等待阿火死去的一天。

此外，如果阿火將來往生，是因為體內這些鬼魂所致，那麼吳麗樺還得背負害死親生兒子的罪孽。

就這樣，那些比吳麗樺陽壽還長的人，一個接著一個離開枉死城。

但是吳麗樺卻只能被困在那裡，因為自身的罪孽未定，也因為阿火仍然活著。

於是，待在枉死城多年的吳麗樺，從其他幾個鬼魂口中，打探出可以逃離枉死城的辦法。

她冒著被鬼差通緝的風險逃出枉死城，回到人世間。

目的沒有別的，就是為了可以親手了結自己的罪孽。

只要阿火一死，不管怎樣，她都可以回到輪迴的道路上，不用卡在枉死城，看著自己的罪行日益增加。

回到人世間的吳麗樺，很快就找到了阿火。

偏偏要靠近阿火，卻不是件容易的事情。

阿火身上擁有太多的鬼魂，導致對鬼魂的感應力極強。

正常的時候，吳麗樺光是靠近到目光所及之處的距離，都會被阿火身上那些鬼魂發現。

所以吳麗樺只敢遠遠地跟著阿火，等待時機。

終於在一次阿火外出辦案時，阿火設計好要將幾個鬼魂趕回海中，所以在現場大量播放咒文。

這樣的咒文聽在阿火耳中，間接也壓抑住那些在他體內的鬼魂。

這樣的機會千載難逢，吳麗樺當然立刻靠上去，躲入阿火的體內。

也因為吳麗樺對於自己所下的咒非常清楚，所以躲入阿火體內之後，她知道哪裡是最安全的空間。

避開了跟那些鬼魂的接觸，吳麗樺安靜地躲在角落，就連阿火跟其他鬼魂雖然都感覺得到她的存在，卻無法將她抓出來。

就這樣，吳麗樺在阿火體內一躲就是三個月。

在這三個月裡，她等待著可以讓阿火發生「意外」的機會，可是卻一直沒有找到很好的下手機會，直到這個案件。

當阿火見到古佳節，吳麗樺當然也跟其他鬼魂一樣，知道古佳節絕非一般孤魂野鬼。

就在古佳節出手之際，吳麗樺趁機溜出阿火體外。

她深信，古佳節很有可能就是終結阿火生命的人。

後來吳麗樺看到了阿火與阿山在堤防橋下對立，並且引發槍戰之後，她覺得自己可以利用阿山，來軟化或者干擾阿火。

所以當阿山回到特別行動小組辦公室的時候，吳麗樺就好像阿火體內的那些鬼魂，告訴阿山古佳節的下落。

她希望在阿山阻止阿火的時候，古佳節可以偷襲阿火。

可惜事與願違，古佳節一刀刺中的不是阿火，而是阿山。

這讓吳麗樺氣憤難耐，但是也無可奈何，只能重新躲回阿火體內，繼續等待機會。

想不到阿火竟然因為阿山的重傷，情緒受到極大的影響，甚至不惜一死也要跟古佳節對決。吳麗樺知道自己的努力終將獲得回報。

果然，在阿火與古佳節交手之際，阿火雖然勉強戰勝了古佳節，但是卻也筋疲力盡。

這是吳麗樺等待已久的好機會，所以在阿火將刀刺向古佳節的同時，吳麗樺從阿火的體內竄出，並且將刀子轉向順勢插入阿火的肩膀。

雖然親手殺害自己的兒子，罪加一等的機率極高，但這些日子以來的空等，讓吳麗樺再也忍不住了，要靠別人，還不如靠自己，她決定一有機會，就要早點殺了阿火，就算要她親自動手也無所謂。

這一切，都只為了一個目的。

長痛不如短痛。

只有阿火死亡，自己才能真正蓋棺論定。

## 2

大量的失血讓原本就已經筋疲力盡的阿火，更加虛脫無力、臉色慘白。

阿火看著插在自己肩膀上的刀，又看了看自己的母親。

「為什麼……」

這一句沒有說出內容的為什麼，包含了阿火心中無數的問題。

為什麼要這樣對我？

為什麼要把我當成容器？

為什麼把我生下來卻不好好養我、愛我？

為什麼這時候妳會出現在我面前？

為什麼要把刀刺入我的肩膀？

吳麗樺皺著眉頭，即使對阿火做出了那麼多事情，她也不覺得慚愧。畢竟對她來說，阿火一直都是拖油瓶，一個連親生父親都不要的拖油瓶。

「媽知道對不起你。」嘴巴這麼說，但是吳麗樺卻是微微地笑著，「但是，就當是母子一場，為了媽好，你就死在這裡，好嗎？」

倒在地上的阿火，沒有太多的情緒反應，只是無力地重複問著：「為什麼？」

「因為你每活一天，做媽的我，罪孽就多一點。」吳麗樺笑著說：「所以聽媽媽的話，死，好不好？」

這是多麼讓人絕望的事情啊？

阿火無力再多說，仰著頭等於默許了親生母親對自己的這種殘忍要求。

要殺就來吧。

阿火用行動表達了最無言的抗議。

當年有目連憐惜母親在地獄當餓鬼的模樣，用了破地獄法隻身入地獄，只為了給母親送上一餐。

今日的阿火，卻是母親從地獄逃出來，只為了取自己性命。

哀莫大於心死。

這種無情與殘忍，真的會剝奪任何人求生的意志。

看阿火躺在地上，毫不抵抗，甚至連看都不看了，吳麗樺不禁苦笑，早知道這孩子那麼脆弱，一開始就這麼做不就好了？

真是沒用的小孩。

吳麗樺靠上前去，將刀子從阿火的肩膀上抽了出來。

阿火緊閉雙眼，眉頭深鎖，就連刀子被抽出來，也沒吭一聲。

吳麗樺將刀子在自己眼前轉了轉，打量了一下刀子之後，突然猛力朝阿火身上一刺。

原本一直沒有動靜的阿火，在這一刺之下，突然翻過身跳了起來，一腳朝吳麗樺身上踹了下去。

「妳這個不要臉的賤人！」阿火突然變成了女人的聲音罵道：「妳這是做人家媽的嗎？」

吳麗樺見沒刺到阿火，又挨上這一腳，憤怒地用刀指著阿火罵道：「你們這群寄生蟲沒資格說我！你們對小棠的傷害，不會亞於我！」

阿火張大了嘴，正準備再罵，卻沒罵出聲來。

只見那上了阿火身的女人，突然鬥雞眼，嘴巴說道：「阿火，你瘋啦！這時候讓我們來就好了，你別把我們壓下去啊……」

女人聲音越來越小，到最後幾乎快要聽不見了。

阿火一個低頭，臉色一變，又換了一個人。

「阿火，我知道她是你媽，可是這種人，你又何苦真的讓她殺呢？你這不是自殺嗎？」

這次上來的是個男人，苦口婆心勸著阿火。

但是阿火似乎仍然想要重新搶回自己的主控權，在裡面不斷掙扎。

裡面的眾鬼魂，在剛剛跟古佳節對抗的時候，幾乎都奮力抗敵，這時阿火這樣不要命的想要搶回主控權，眾鬼魂一個個敗下陣來。

吳麗樺在一旁，看著阿火這樣變化著不同的人格，一時之間也不敢貿然攻擊，只能遠遠地觀察著阿火。

「阿火啊，」這次變臉，又變成了老者的聲音，「這人已經不是你媽了，她跟你的緣已經盡了，你又何必白白……」

老者連話都沒說完，阿火臉色又是一變。

「阿巴，你快點上啊！現在就只剩下你跟那傢伙還有力量對付這個畜生了！」女人低著頭對著阿火自己叫道。

下一刻，阿火緩緩抬起頭來，臉色看起來慘白，但是再也沒有其他的變化。

「來吧，媽。」阿火淡淡地說。

吳麗樺半信半疑，緩緩地朝阿火走過去。

阿火伸長了脖子，痛苦地閉上雙眼。

他奮力地壓住那些在體內騷動的鬼魂們，希望把這條命還給這個生下他的媽媽。

吳麗樺走到了阿火面前，臉突然變得猙獰，接著便把刀子向前一送。

眼看阿火被攻擊，長久以來一直守護著阿火的阿巴再也按捺不住，立刻衝破阿火的意識，取得了主控權。

阿巴敏捷地向後一躍的同時，伸手想要抓住吳麗樺刺過來的手。

想不到吳麗樺早料到會發生這樣的事情，刀刃一轉朝阿巴的手刺去。

刀子刺中阿巴也是阿火的手，阿巴痛苦地叫了一聲，雖然手掌被刀子刺穿，但是阿巴仍然把刀子搶了過來。

吳麗樺趁機朝阿火補上一拳，將阿火打飛。

阿巴忍著痛，將刀子拔出，往旁邊一丟。

「快逃！阿巴！」阿火的嘴巴突然傳出七哥的聲音。

有鑑於阿火根本就不想抵抗，而此刻的阿巴受了傷，又耗了體力，似乎也不是吳麗樺的對手，所以七哥當機立斷，要阿巴帶著阿火的身體快逃。

阿巴聽到七哥所說，轉身就朝另外一邊想要逃跑。

可是才逃沒幾步，吳麗樺一躍而起，從天而降將阿巴踩倒在地。

再怎麼說，對手還是一個鬼啊。

比起阿巴這些困在阿火體內的鬼魂來說，吳麗樺既不會累，也不會受傷。

除了法術、法器這些東西之外，光是靠一般的攻擊，根本傷不了吳麗樺。

吳麗樺不給阿巴任何機會，將他踩倒之後，對阿巴就是一陣猛踢。

在這一連串的重擊之下，就連阿巴也維持不住意識，阿火重新搶回了主控權。

眼看阿火不再哀號，吳麗樺知道阿火又回來了。

她一邊狂笑，一邊踹著阿火說：「你看到了吧！這就是你身上的鬼魂！一有事情全部都縮進去了！」

吳麗樺狠狠地朝阿火的腹部踩了下去，阿火被這一踩，喉頭一熱，吐出了一口鮮血。

「不要怪媽，」吳麗樺冷冷地說：「是他們搶走了我的刀，所以我只能這樣讓你死去，不然我不打算讓你多受折磨。」

阿火閉著眼睛，意識似乎也開始模糊，四肢無力地垂著。

看到阿火這般模樣，吳麗樺不想夜長夢多，對準了阿火的頭，高高舉起了腳，用盡全身的力氣，狠狠地踩了下去。

腳重重地踩中了阿火的臉，這一腳的力道足夠踩死任何人。

結束了。

終於……

吳麗樺有種如釋重負的感覺。

到頭來，她還是親手殺死了自己的兒子。

不過這樣也好，比起最後阿火還是被體內的惡靈害死，自己卻為了等到這一天又多拖了二、三十年，現在這樣早點把事情結束掉或許還好一點，畢竟這筆帳終究會算在她的身上。

吳麗樺準備將腳從阿火頭上抽離，不知怎的，腳竟然離不開。

吳麗樺心一懍，低頭看著阿火。

只見阿火的頭顱，緩緩散發出黑氣。

這是怎麼回事？

吳麗樺更加奮力想要抽開自己的腳，可是腳就好像被黏住般，怎麼都拔不起來。

這時，除了頭顱之外，阿火全身都散發出黑氣。

見到這景象，吳麗樺很清楚這應該是那個躲在阿火體內，被強力壓抑的傢伙。

雖然不知道是誰，但是吳麗樺認為光是自己在地獄這些日子所累積的能量，阿火體內的這些孤魂野鬼，應該都沒有能力可以跟自己抗衡才對。

對鬼魂來說，能量就是一切與絕對。

黑氣向上蔓延，竟然也圍住了她的腳。

不管吳麗樺怎麼賣力，腳就是拔不開。

這讓吳麗樺驚恐不已，畢竟她用的力量不要說拔開腳了，就算要抬起整個阿火的身體也應該沒問題。

可是那隻腳此刻竟然文風不動。

這時，那團圍住吳麗樺一隻腳的黑氣，彷彿一張嘴般，大大開起，然後猛然一闔。

「嗚啊！」

這一開一闔的黑氣，竟然整個將吳麗樺的腳咬斷了。

吳麗樺又痛又驚，整個人跌坐在地上，看著阿火。

在黑氣包圍之下，阿火緩緩地站了起來。

不可能！怎麼可能！

阿火體內如果真的有這麼具有威力的鬼魂，自己不可能沒有發現啊！

當吳麗樺看到了阿火的臉，瞬間她什麼都明白了。

這個鬼魂是很有威力，但是單單就威力來說，或許吳麗樺還要高上許多。

偏偏，是他。

吳麗樺在變成鬼之後，唯一的剋星。

想不到它會在阿火體內，這是吳麗樺始料未及的。

這個鬼魂正是當年被吳麗樺召來，最後卻殺害了她自己的惡靈。

不管吳麗樺變成鬼之後，威力有多大。

它始終是吳麗樺的剋星。

「不要！不要！」吳麗樺臉上第一次出現恐懼。

上了阿火身的它，一步步朝吳麗樺走去。

「不要！」缺了一腳的吳麗樺，只能在地上爬著，「小棠！救我！」

吳麗樺叫著阿火，希望阿火可以把她的剋星壓下去，救自己一命。

但是，阿火早就被她打暈了。

再次引火自焚的吳麗樺，這一次，連轉生輪迴的機會都沒有了。

當它張大了嘴，朝她頭上咬下去時，吳麗樺有了這樣的覺悟。

而正當它啃噬著吳麗樺的同時，一個女人緩緩站了起來。

這人不是別人，正是剛剛死裡逃生，被吳麗樺所救的古佳節。

丑時已至，魂魄已安，而她的力量，也獲得了完全的復甦。

古佳節嘴角露出邪笑。

她轉生完成之後，第一個要殺的人，就是眼前這個啃噬著別的鬼魂的阿火。

## 3

破地獄法，也就是所謂的目連之術。

一種可以入地獄、出地獄的高僧佛法。

相傳，目連就是用了這個法術，以生人之姿進入地獄拯救自己的母親。

使用這法術必須具有至高無比的神通力，所以自從目連之後，就只有文獻記載其法，卻再也沒有人可以使用。

然而，這個法術現在卻以另外一種形式復活了。

只是這一次，使用法術的目的，不是將人送入地獄，而是要幫助鬼魂重回人間，轉生成人。

經過三生三世的努力，他們終於將她救了出來。

剛被救出來的她，魂魄未安，所以不能算是轉生完成。

而此刻，丑時已過，魂魄已安，即便現在死去，她的魂魄也是完整的，就跟一般人沒什麼兩樣。

差別就在於，在無間地獄承受兩千年以上的苦痛，給了她無比的力量。

現在，她要用這個力量，讓阿火看看無間地獄有多麼恐怖。

彷彿也感覺到那股力量，那上了阿火身的惡靈，剛吃完吳麗樺，立刻轉過頭來看著古佳節。

阿火低聲咆哮，就好像猛獸遇上了勁敵般，而古佳節只是兩眼直直瞪著阿火。

見人殺人、見鬼殺鬼的惡靈，在與古佳節四目相對之下，似乎第一次感覺到恐懼，竟突然轉身想要逃跑。

但是，阿火對古佳節三番兩次造成了威脅，古佳節就算上刀山、下油鍋也不會放過他。

古佳節將手一伸，手掌朝著阿火一攤。

阿火的身體彷彿被武功高手點了穴般，動彈不得。

古佳節一個翻手，阿火毫無抵抗地被轉了一圈，重新面對著古佳節。

那個惡靈見逃無可逃，竟然一縮，將意識還給了阿火。

本來就已經暈過去的阿火，頭一點，仍然維持意識不清的狀態。

古佳節見狀，秀眉微皺。

對於那個惡靈的退縮，古佳節並沒有什麼意見，畢竟這些鬼魂等等會一個個被她凌遲，不差這一時。

但是對於阿火的意識，古佳節卻非常不滿。

如果就這樣殺了他，一點意義也沒有。

對於生死，古佳節這個從地獄出來的人，有渾然不同的感受。

她非常清楚想生而不得生，想死而不得死，才是真正痛苦的泉源。

她將手一縮，暈死過去的阿火，突然向前移到了古佳節的面前。

古佳節伸出一隻手指，對準了阿火肩膀上的刀傷，狠狠地將手指插了進去。

阿火眉頭一皺，但似乎仍沒清醒。

古佳節見狀，將插入阿火傷口中的手指一轉，開始挖起來。

無比的疼痛刺激著阿火的意識，阿火在這痛苦的折磨之下，「嗚哇」的一聲，伴隨著哀號聲清醒過來。

看到阿火清醒，古佳節才將手指拔出來。

阿火眨了眨眼睛，看清楚眼前的這個女人，正是他今天一整天在追捕的嫌犯古佳節。

古佳節的一隻手，在先前的打鬥中，被阿火體內的那些鬼魂折斷了，兀自垂著，可是古佳節的臉上，卻沒有半點疼痛的表情，反而是滿意地笑著。

「我不會讓你那麼容易死的，」古佳節歪著嘴笑著說：「我要讓你知道，傷害我的人，會有什麼下場！」

古佳節說完，扯住了阿火被刀刺穿那手的手指，奮力一扭。

清脆的骨折聲，伴隨著阿火的哀號，幾乎讓阿火又要暈過去。

但是古佳節旋即放開，並沒有繼續折下去。

因為她非常了解痛楚，她知道痛楚會讓人麻痺，甚至會讓人暈過去以減少疼痛，只有在這種容忍邊緣的疼痛，才能像黑咖啡一樣，讓人了解痛楚的原味。

等到這樣的疼痛宛如巨浪般過境，她才會繼續折斷阿火的另外一根手指，讓這疼痛的巨浪再度襲來。

痛苦難當的阿火，張大了嘴，卻已經發不出聲音了。

這時，阿火的臉突然扭曲，七哥將阿火的意識擠下去。

七哥實在不忍心看到阿火承受這樣的痛，所以自願上來承擔這樣的苦痛。

「啊！」七哥一上身，立刻被這猛烈的疼痛折磨到叫了出來，「痛啊！」

古佳節冷笑了一聲。

七哥咬著牙，強忍著痛，狠狠地瞪著古佳節。

「臭婆娘！有種就殺了阿火！不要在這邊折磨阿火！」

到了這個地步，古佳節的力量已經回復，眾鬼魂都知道想要打贏古佳節已經是不可能的事情了。

所以七哥出來，希望可以激怒古佳節，讓她一怒之下殺了阿火，給阿火一個痛快。

可是古佳節並不受影響，冷冷地抓住了阿火的另外一根手指，又是一扭。

才剛出來的七哥，在這一扭之下，又被扭了進去。

阿火意識剛出來，立刻感受到無比的疼痛，痛苦地哀號出來。

古佳節看到輕輕一折，就把那些鬼魂給折回去，滿意地點了點頭。

她非常清楚，此刻的阿火，根本不是自己的對手。

她轉過身放下阿火，在草叢邊找了一下，很快就找到了那把被阿巴丟棄的刀子。

「聽說後來在人世間，有一種極刑叫做凌遲。」古佳節冷笑地說：「我一直很想試試看，聽說好像是把人身上的肉一刀一刀割下來，對吧？」

阿火被她放開之後，整個人軟倒在地上，除了手部的疼痛之外，腰部也傳來了碰撞異物的疼痛感。

阿火非常清楚那是什麼……

古佳節拿到刀子之後，朝阿火走回來，這時阿火已經將那個卡在自己腰間的異物拿了出來。

那是阿山的槍，原本就是想要拿來對付古佳節的。

阿火用沒有受傷的那手，拿出槍來，瞄準好古佳節之後，手指用力扣下扳機。

想不到古佳節一轉過身看到阿火舉起槍來，隨即用嘴巴咬住了刀，伸手朝阿火一攤，那扣到一半的扳機，便怎麼也扣不下去。

可惡啊！

阿火咬著牙，痛苦地閉上雙眼。

「你這傢伙真的不知死活耶！」一定住了阿火之後，古佳節將刀拿到手中，咬牙切齒地說。

她走到阿火的面前，把槍從阿火手中奪下來。

古佳節將槍插在自己的腰間，重新舉起刀來，準備好好用刀子削割眼前這個不知死活的傢伙。

她將刀子轉了過來，對準了阿火的手，準備先割下一塊肉來，以洩自己心頭之恨。

正準備割下去時，隱身於黑夜之中的一條黑鞭，先是發出駭人聲響，接著朝兩人抽了過來，古佳節聞聲趕緊跳開。

這突如其來的一鞭，古佳節雖然順利躲開來，但是心中也是一驚。

想不到才剛躲過一鞭，突然傳來了幾聲槍響，古佳節立刻趴在地上。

定睛一看，只見一男三女跑在前面，後面跟著十幾個人朝這裡跑過來，開槍的正是領頭的那個男人。

古佳節見狀，舉起手中的刀，朝那男人射了過去。

領頭的男人不是別人，正是阿火的上司，警界的傳奇，白方正。

方正擔心阿火，奮力向前跑，此時已是半夜時分，古佳節這突如其來的一刀，等方正看到的時候，已經在面前，他根本來不及躲避。

就在刀子差點射中方正的時候，那條黑鞭一抽，將這一刀打掉。

雖然沒有刺中方正，但是這一下也讓方正嚇到，摔了個狗吃屎，一連滾了好幾圈才停下來。

後面的人見狀，紛紛衝上前搶著要扶起方正。

「哎呀呀，妳這個不怕死的，」一個聲音從天而降對古佳節說：「妳知不知道妳丟的人是誰啊？」

古佳節定睛一看，旋即倒抽一口氣。

想不到來的人竟然是一個鬼差。

那鬼差從天而降，最後降落在方正旁邊。

鬼差指著方正說：「這是白方正啊！妳這個不長眼的蠢鬼，他可是大名鼎鼎旬婆的乾孫啊！妳不但重傷了他兩個手下，現在還拿刀想要攻擊他？妳難道不知道，就連那個大名鼎鼎的項羽，也栽在他的手下過啊！」

古佳節聽了之後臉色驟變，緩緩站起來，上下打量著方正。

這個救了方正的鬼差不是別人，正是方正以前的上司張樹清。

想不到方正竟然可以請到鬼差，看樣子旬婆乾孫所言不假。

古佳節瞪著方正說道：「這個鬼差是你請來的？」

方正在佳萱與楓的攙扶之下，好不容易站起來，還沒有回答，一旁的張樹清就搶著回答道：

「當然，除了他之外，還有誰會有這麼大的面子？」

古佳節臉一沉，充滿殺氣的眼光直視著方正。

「你以為光憑一個小小的鬼差，就可以對付我了嗎？」古佳節恨恨地說。

鬼差是地獄的警察，雖然手上的那條黑鍊，只要一打中鬼魂，輕則重傷，重責魂飛魄散，而一旦被綁住，更不要想脫逃。

但是就鬼魂的力量來說，鬼差也是有強有弱。

古佳節自認單憑眼前這個鬼差，應該不至於能對付自己。

「哼哼，」張樹清冷笑了兩聲說道：「一個不行，那一百個呢？」

張樹清這話一說完，從眾人的四周，宛如雨後春筍般冒出了一個接著一個的黑影。

古佳節見狀，臉色刷地慘白，驚訝地看著四周。

這時古佳節再也不懷疑，眼前這個不起眼的男人白方正，真的是旬婆乾孫，也是收伏項羽的勁敵。

張樹清見到古佳節面露驚恐之色，得意地笑著說：「一百個鬼差圍著妳，如果還不能抓到妳，我就跟妳姓！」

張樹清說完，臉色一沉，手一揮叫道：「兄弟們，抽她！」

團團包圍住古佳節的鬼差們，一同射出手上的黑鍊。

數以百計的黑鍊宛如天羅地網般，朝古佳節射了過來。

古佳節的手上這時還緊緊握著從阿火那邊奪來的槍，眼看著一百條黑鍊朝自己而來，說時遲那時快，古佳節舉起槍，對準了目標，一槍開了下去。

這一槍不偏不倚地打中了目標，卻也嚇傻了在場所有的人。

因為古佳節所瞄準的不是別人，而是自己的頭。

古佳節用槍轟爛了自己腦袋的同時，數百條黑鍊朝她身上打了下去。

黑鍊的威力頓時將古佳節打爛，毫無力量的她立刻癱軟，而她身上的血肉彷彿被炸彈炸到般，爆了開來。

就在被黑鍊打到前的那一瞬間，古佳節用槍結束了自己的生命，而她也才得以從這個肉身逃脫出來。

魂魄已安的她，躍飛在空中。

只要不被鬼差的黑鍊綁縛，她的能力並不會因為肉體的死亡而消失。

她騰在空中，低著頭對方正說：「白方正，你給我記住！即便你是旬婆之孫，我也會回來找你算帳的，還有那個阿火，你們兩個最好有所覺悟！凡是得罪我呂雉的人，我都不會放過！」

這時眾人才知道，這個轉生的鬼魂，竟然就是大名鼎鼎的呂雉。

呂雉說完，不再多作停留，朝反方向飛去。

「想逃？」看到呂雉飛去，張樹清大叫：「追！」

一百個鬼差在這一聲令下，全部一躍飛起，朝呂雉的方向追去。

張樹清跟著一躍，想不到腳卻踩到了古佳節留在地上的血肉，摔了個狗吃屎。

「喂，等一下，我才是頭兒，不准衝得比我前面！」張樹清對著已經衝出去的百名鬼差大喊：「不要想趁機搶功啊！」

張樹清趕緊撿起從手中滑出去的黑鍊後，頭也不回，立刻加速追了上去。

「哼，想嚇我！」方正恨恨地對著已經空無一鬼的天空叫道：「這句話是我要對妳說的！妳傷害了我兩個手下，我才不會放過妳！」

所有人聽到方正所說的話，臉色都驟變。

「真不愧是大隊長。」小琳苦笑道：「想不到你以前有抓過項羽的鬼魂啊？難怪你敢跟呂后嗆聲。」

「也不是我抓的啦，」不知道該如何解釋清楚的方正搔著頭說：「是……嗯，合作。我跟一個搭檔合作對付過他。」

聽到方正這樣講，知道詳情的佳萱白了方正一眼。

「等等，」方正突然想到了什麼，伸出手說：「呂后？她不是自稱呂雉嗎？」

「對啊，呂雉不就是呂后嗎？」小琳說。

「呂后是什麼人？」方正一臉不解地問：「她做過什麼有名的事嗎？」

「有名的事情應該就是那件吧。」小琳歪著頭說：「人彘事件。」

「人彘？那是什麼？」

「簡單來說，」小琳解釋道：「就是在她的皇上老公死掉之後，她把得罪過她的妃子，挖去雙眼，剁掉四肢，毒啞她，把她弄聾，然後丟到廁所，變成人肉馬桶。」

方正聽完，腦海裡浮現著自己被人砍掉四肢，成為人彘後被人丟到廁所的景象。

一種很久沒浮現過的恐懼感受，頓時湧上心頭，方正眼前一黑，整個人軟倒在地上。

「不得了！大隊長暈倒了！」

所有人慌成一團，為方正這突如其來的一暈而慌了手腳。

# 4

呂雉。

這個刻在借婆心中最深刻的名字。

就好像阿火的母親一樣，阿火的母親對自己的兒子阿火施下這樣的法術。

結果只要阿火活在這個世界上一天，阿火母親的罪孽就加深一層。

對人來說，蓋棺就可以論定；但是對一個靈魂來說，必須等到閻王斷定才能論定。

如果說，阿火是吳麗樺的活動罪孽，那麼呂后就是她後代們永遠的痛。

當年，呂后為了一世的至尊富貴，協助劉邦殺害了許多功臣，甚至在最後還用人彘的酷刑，對待政敵戚夫人，這些罪行換來了她後代的百世貧賤。

為了這些罪孽，呂后被處無間極刑，在地獄不斷重複上演著換她被做成人彘的模樣，陰風一吹，隔日一切又回復了原狀，重新再被處置成人彘。

而她的後代在人世間，則飽受貧賤之苦。

這種連帶的貧賤之刑，必須到呂后再次轉生為止。

於是，呂后的後代，受不了百世折磨，找上了借婆，希望可以找到方法脫離代代貧賤。

「不可能，這是罪刑。」借婆冷冷地說：「更何況，無間之罪、禍延子孫，並不是我定下的規則，我無權過問。」

借婆婉拒了那一家人，但是八卦杖又再次違背了借婆的意願，敲擊了下去。

就在八卦杖擊地的那一瞬間，一個法外之地形成，一條交纏的因果線因而誕生。

呂后的後代，在因緣際會之下，學會了目連之術。

雖然這些後代沒有目連的神通力，但是在接連數代的犧牲奉獻下，一步步就好像挖地道般，深入地獄，最後終於讓呂后轉生成功。

只要呂后轉生，這些後代就有了蓋棺論定的機會。

八卦杖這一擊亂了因果，就好像呂后的後代一樣，現在借婆必須連帶接受這樣的懲罰。

然而這一切卻只是個開端，對借婆而言，真正的痛苦，才正要開始。

## 5

原本醫生那邊的說法並不樂觀，認為阿山的傷勢過重，但是經過了一夜的搶救，阿山終於暫時死裡逃生。

「接下來幾天會是關鍵期。」醫生這樣告訴方正。

同樣身受重傷的阿火，在處理完傷口之後，接受方正的建議，在養傷的這段期間回療養院，以確保他的精神狀況穩定。

再運送阿火前往療養院前，阿火懇求方正，希望可以由他親口將這個不幸的消息，轉達給阿山的家人。

方正將車子開到了阿山家前面，阿火下了車，原本方正打算陪他一起去說，但是阿火堅持希望可以自己一個人去。

「你確定要這麼做嗎？」方正擔心地問。

「嗯，」阿火點著頭說：「這是我的責任，阿山會受這麼重的傷，也是為了保護我。」

方正知道阿火與阿山的交情，於是便讓阿火自己一個人去。

阿火一步步靠近阿山家門，腦海卻想著，自己該怎麼說。

自己該用什麼樣的言語告訴阿山家人，阿山是為了自己才會受重傷的？

該怎麼告訴他們，在自己的人生中，遇到阿山有多麼幸運？

按下電鈴的時候，阿火腦海一片空白。

「來了。」中年婦女的聲音從門後傳來。

聽到婦女的聲音，阿火身子一震，腦海裡面仍舊是一片空白。

大門打開來，一名中年婦女看著阿火。

一大清早的，有人來按門鈴已經很令人不解了，此刻的阿火不但打上了石膏，吊著手臂，就連身上也有多處包紮的痕跡，讓中年婦女看了不禁皺起眉頭，一臉擔心地看著阿火。

「請問……你要找誰啊？」中年婦女問。

「我是……」阿火抿著嘴說：「阿山的搭檔。」

「喔。他不在家喔，我是他的媽媽。」阿山的媽媽說。

阿火點了點頭，一陣鼻酸之下，竟然眼泛淚光。

「對、對不起！」阿火急忙道歉。

真是太沒用了！

阿火內心責備著自己。

見到阿火這模樣，阿山的媽媽先是一愣，然後一切都明白了。

阿山媽媽淡淡地笑著說：「這天終於還是來了。」

「嗯？」阿火抬起頭來看著阿山媽媽。

「先進來吧。」阿山的媽媽打開門，要阿火進屋內。

阿火跟著阿山媽媽來到了客廳，這時一名老婦人走了出來。

「誰啊？」

「媽，是小山的同事啦。」

阿山的阿嬤看了看阿火，然後又看了看阿山媽媽。

此刻，阿山媽媽臉上一抹苦笑，說明了一切。

「哈哈，」阿山的阿嬤也乾笑了兩聲，「算算也二十幾年了，哈哈，我這次真的讓那些算命師跌破眼鏡了吧！」

阿火看著這一對母女奇怪的反應，心想她們是不是誤會了？

可是如果她們真的認為阿山是因公殉職，似乎也不應該是這樣的反應。

「真是辛苦你了。」阿山的媽媽轉過來跟阿火說：「還勞煩你親自登門告訴我們。」

阿山的阿嬤與媽媽竟然同時向阿火鞠了躬，讓阿火完全措手不及。

「你就是阿火吧？」阿山的媽媽笑著說：「小山常常提起你。」

「是、是。」

「好啦，」阿山的阿嬤揮了揮手說：「為了今天我們準備很久了，快去把東西都拿出來吧。」

阿山的媽媽聽到阿嬤這麼說，點了點頭的同時，淚水也從眼眶滑落，雖然如此，但是阿山的媽媽還是笑容滿面。

「不行！」阿山的阿嬤叫道：「說過了，要開開心心地送他！」

阿山的媽媽抿著嘴，用力地點了點頭，再度展開笑容，轉身走到房間裡。

「等等！」阿火見狀急忙叫住阿山的媽媽，用力鞠著躬說：「對不起！讓妳們誤會真的很抱歉！我想妳們應該誤會了！我是要告訴妳們，阿山受了重傷，現在正在醫院裡。」

「重傷？」阿山的媽媽與阿嬤異口同聲。

阿火沉重地點了點頭。

「不是死了喔？」阿山的媽媽問。

阿火用力地搖著頭。

「哎唷，好討厭喔。」阿山的媽媽仍舊笑著，但是淚水卻嘩啦啦地流了下來，笑中帶淚地說：「我還以為等了二十多年的這天真的來了。」

聽到阿山的媽媽這麼說，阿火彷彿被人重重打了一拳在胸口。

怎麼會？

這是什麼人生啊？

阿火感覺到胸口極悶。

二十多年來，一直過著隨時都會失去自己小孩與孫子的心情，這是多麼恐怖的事情啊。

看著兩人，阿火終於了解了強顏歡笑的意義。

而阿山呢？他也是抱著隨時都會死去的心情，去過每一天的嗎？

此刻他也深刻了解到，阿山那永遠不把事情當作一回事，吊兒郎當又樂觀的態度，是怎麼來的了。

如果阿山，還有阿山的媽媽與阿嬤，都可以如此堅強地面對這一切，自己有什麼資格懦弱？

「對不起！讓妳們誤會了！」阿火再次鞠躬道歉。

「沒啦，是我自己三八，沒等你開口就亂猜。」阿山媽媽笑著說。

「好啦，沒死就有希望！」阿山的阿嬤說：「快點準備準備，去醫院見阿山。」

「我有指示隊員，等妳們準備好就帶妳們過去。」阿火說。

阿山的媽媽跟阿嬤很快地拿出了行李箱，阿山的阿嬤一邊看著書，一邊指示阿山的媽媽打包。

「不行不行，這禮拜忌紅、過幾天就會忌黃了，妳那幾件黃色衣褲全部拿出來，妳多打包一點白色的衣褲。」

兩人熟練地打包著行李，沒一會工夫就準備好了。

「好啦。」

兩人拿著行李箱，與阿火一起出門。

「出發吧。」

「嗯，」阿火點了點頭說：「隊員的車子在前面，我帶妳們過去，但是我自己不能跟妳們去。」

「嗯，我知道，我們自己過去就可以了。」阿山阿嬤的雙眼凝視著阿火點了點頭說：「放心！小夥子，你一定可以找到方法，去對抗那些在你體內的東西。」

阿火似懂非懂地點了點頭。

「只要你不失去希望，不要忘記了，身體終究是你的。」

阿山的阿嬤說完後，拉著阿山的媽媽朝路口走去。

看著阿山的媽媽與阿嬤伴著朝陽的背影，阿火笑了。

想不到自己會被阿山救了兩次，一次救了自己的命，而透過他們全家，他們救了自己的靈魂。

七、八十個魂體在身上又如何？

阿火嘴角勾起了一抹微笑。

「你們給我安分點啊。」阿火冷笑著對自己說：「不然，我們就一起下地獄吧。」

話才說完，阿火明顯感覺到體內靈體的互相撞擊與騷動，慢慢地緩和下來。

## 6

就方正的記憶所及，今天是他人生中最漫長的一天。

不管對方正來說，還是對全體的方正特別行動小組來說都是如此。

在送阿火回療養院之後，方正回到了辦公室。

徹夜未眠的他，眼神中充滿了疲憊。

但是真正讓他感覺到疲憊的，是今天所發生的一切。

當初的四大小組成員，全部都是由自己所親自挑選的，所以對這四個小隊長，方正自然非常了解。

他們各有各的優缺點，也各有各的風格，當然，也各自擁有需要解決的課題。

在今天之前，方正總認為他們四個瑕不掩瑜，雖然有需要解決的問題，但是整體來說，這樣的任務分配，並沒有什麼太大的問題。

但是經過了今天之後，方正知道自己錯了。

楓不擅長與人互動，做事情太過於冷靜，幾近冷酷是她最大的問題。

小琳太過於執著，對事情有時候會太過於熱血，而失去冷靜。

楓與小琳的個性剛好相反，也因此導致兩人的關係一直處於水火不容的狀態。

而阿火的問題，不僅是身上那些糾纏不清的靈魂，還有本尊的個性也太過於認命。

阿山則因為悲哀的命格，在物極必反的情況下，反而產生了太過於樂觀的性格，永遠不會認真對待事情，一副玩世不恭的態度。

雖然在方正帶隊的時候，基於四人對於方正的景仰與領導，這樣的問題並不會太明顯。

但是當四人成為小隊長，率領著自己的組員時，這些問題就彷彿方針般，成為四大小組的分野。

除了他們本身如此之外，他們的這些個性也確實影響了隊員，甚至影響了辦案的方法與態度。

雖然方正常常耳提面命地提醒四人，但是從今天的結果看來，這樣的提醒並沒有發揮方正所期待的效果。

方正深深地嘆了口氣，打開辦公桌右側上了鎖的那個抽屜。

抽屜裡面擺著一封信。

那是方正從上個禮拜開始撰寫的一封信，也是他人生有史以來最難寫的一封信。

信的內容很簡單，當然也非常制式。

首先在信的開頭，方正先感謝所有長官們的重用與提拔，讓自己在警界的生涯可以如此有聲有色之類的客套話。

在這些客套話之後，方正開始細數這些日子以來，方正特別行動小組所承接的案件。

當然這並不是為了邀功，也不是為了炫耀。

在這些彷彿蓋棺論定的功績敘述之後，方正以身體不適為由，準備請辭方正特別行動小組組長以及高級警官的職務。

這是一封方正準備好的離職信。

而在信的最後，也是這封信唯一還沒有完成的部分，方正準備寫下他心中最適合的人選，接替他擔任特別行動小組組長之職。

當然，此時此刻，方正不知道自己該寫誰。

或許，現在這是好時機，放入一個方正自己最不希望的選項了。

看著那只剩下最後三分之一瓶綠色液體的透明瓶，他知道自己的時間已經所剩無幾了。

他會用這個瓶子所賜予他的時間，好好考慮自己最後到底該做出什麼樣的抉擇。

而就在剛剛，他做出了一個決定。

如果在這最後的時間裡面，四個人之中，沒有任何一個人可以解決自己的問題，他便會建議解散特別行動小組。

方正衷心祈禱，這樣的日子不會真的來臨。

畢竟他是一手帶起這些隊員的人，就好像他們的父親一樣。

不過事情就像任凡當年所說的一樣，沒有兩把刷子，最好還是離這些東西遠一點比較好。

而今天的事情，更讓方正了解到，或許讓隊員們承接這些案件，對他們來說，其實算是非常危險的事情也說不定。

畢竟，連方正在內，特別行動小組本來就不是抓鬼大隊，他們對於鬼魂的了解，遠遠不及那些道士與法師，他們充其量只不過是一群看得見鬼的人而已。

夜路走多了，終究會遇上鬼的。

以陰陽眼穿梭在刑案之間，本身就有風險，這些方正都了解。

只是他沒想過，代價會是如此的難以承受。

或許解散行動小組，才是正確的選擇。

方正痛苦地趴在桌上。

而就在方正為了特別行動小組的未來苦惱不已的同時，借婆回到了任凡的住所。

一如過去這段時間一樣，借婆坐在任凡的位置上。

呂后的重生，代表著借婆這漫長的旅程，即將畫下句點。

然而早在數百年前，借婆就已經預見到了。

借婆知道，她終將成為終結自己生涯的人，但是借婆卻什麼也不能做。

眼睜睜看著悲劇發生，是借婆最擅長，也是最無奈的工作。

然而，如果這個悲劇是屬於自己的，這無奈的工作就變成了一種凌遲。

借婆抿著嘴，沉痛地閉上雙眼。

這些日子，借婆知道自己太過沉溺於私情，就是為了即將發生的這一切。

然而，事已至此，借婆知道自己不能再這樣下去。

因為她非常清楚，真正的地獄，現在才正要開始而已。

# 番外・一念之間

異鄉的空氣，炎熱而黏膩。

在只有幾根柱子，跟一個簡陋屋頂搭起來，看起來就像是工寮般簡單的建築底下，坐著滿滿一排又一排的善男信女。

這些信徒前方的高台，一個滿頭白髮的師父，盤腿坐在台上。高台的右側，一條人龍排列在一側，等著輪流上台讓師父開示。

台上的弟子細心聆聽著師父的開導，完成之後弟子滿意地叩拜，再三答謝師恩，才依依不捨地離開。

順序輪到了一名中年婦女，她穿著一身光鮮亮麗的服飾，與在場其他信徒樸素的衣著形成強烈的對比。婦女在工作人員的指引之下，來到了師父的跟前。婦女一開口，就是流利的中文。

由於這位師父在東南亞頗具聲望，常常都有海外的信徒跨海前來，所以身邊本來就有翻譯。一聽到女子說中文，身旁負責中文翻譯的人員，立刻上前一步，準備將婦女所說的話，翻譯給師父聽。

雖然說像這樣前來請求師父幫助的，本來就是有些私人的願望與期待想要實現，像是工作發展順利啦，或者是家人重病希望可以康復之類的，不過當婦人把自己的願望說出來，就連翻譯都愣住了，瞪大了雙眼，一臉難以置信地瞪著婦人。

然而面對翻譯這樣的反應，婦人沒有半點畏懼或不好意思的神情，仰著頭等待著師父可以開示。

負責翻譯的人員猶豫了一會之後，還是把婦人的意思傳達給師父。結果師父一聽，也是同樣瞪大了雙眼，震怒的神情立刻浮現在臉上。因此不需要等師父回應，翻譯人員立刻大聲喝斥婦人。

「滾！」翻譯用中文斥道：「妳把我們師父當成什麼了？職業殺手啊？滾！以後都不准再來了。」

翻譯人員破口大罵，立刻吸引了所有人的目光，氣到一臉漲紅的翻譯人員立刻吩咐底下負責帶路的員工，驅離該名婦人。看到這景象，台下的信徒們也開始議論紛紛。

然而即便在這種被人指指點點的情況下，婦人也不以為意，像這樣被人轟出去也不是一次兩次了。因此靜靜地起身之後，跟著那些其他工作人員的指示，朝外面走去。

對她來說，這些人根本就是道貌岸然的傢伙，如果不是心有所求，誰會來這個地方啊？而師父不也是利用這些人的私慾來賺錢嗎？沒能力就說一聲，不需要這麼裝模作樣吧？這樣對待一個柔弱又無助的女子，還在那邊以為名門正派？

即便被人轟了出來，婦人仍然感覺自己沒有半點需要覺得丟臉的地方。

這位婦人叫做吳麗樺，來自台灣，今天會前來，就是聽說這個師父很有功力，曾經幫人挽回過好幾次婚姻。

所以才會特別訂了機票，請人安排前來拜見這位師父。

她所想要的，其實就跟那些過去曾經來拜訪過的信徒差不多，就是挽回自己的前夫，然後順便讓那個勾引自己前夫的狐狸精，不得好死罷了。

誰知道對方竟然吹鬍子瞪眼睛把自己轟出來，真是有眼不識泰山。

現在的她，雖然身處在宛如煉獄般的痛苦處境，但是手頭上還是有些錢的，所以像這樣趕走自己，是誰的損失還不知道咧。

她相信只要有手上這些錢，一定可以找到人可以幫自己，讓孩子的爸爸回心轉意。

為了挽回這個男人，不管什麼樣的手段，吳麗樺都願意去做。

所以就算吃上十幾次的閉門羹，她還是會繼續尋找，直到她找到一個法師可以幫助自己達成心願為止。

吳麗樺悻悻然地走到車子旁邊，正準備上車，一個男子從後面趕上來，叫住了吳麗樺。

吳麗樺停下動作，轉過頭去，一個看起來就像是當地住民的男子，跑了過來。

「不好意思。」男子用流利的中文對吳麗樺說道：「我剛剛聽到了妳跟師父的話，我有另外一個師父可以介紹給妳，如果妳有興趣的話……」

※

一個禮拜後，吳麗樺在那個男子的引介下，來到了現在這個昏暗的房間之中。

比起一個禮拜之前那位師父所在的地點來說，這裡雖然看起來環境好點，但是卻沒有半個信徒。

整個房間裡面，除了陪著吳麗樺前來的一位女性友人之外，就只有一對師徒。

在知道了吳麗樺的要求之後，師父原本面有難色，不過當吳麗樺提出自己可以付出的報酬數字時，師父臉色驟變，不再有所保留，立刻將一個乍聽之下有點恐怖的方法，告訴了吳麗樺。

至於一旁的徒弟聽到師父告訴吳麗樺的方法，是將一個跟她老公有血緣關係的孩童，浸泡在血水中時，弟子臉上頓時浮現震驚的神情。

雖然說這樣的方法乍聽之下，確實有點荒誕與詭異，不過想到這裡也流行養小鬼、嬰靈的情況，似乎也沒有那麼突兀了。

對吳麗樺來說，不管這個方法聽起來有多麼恐怖，她只在乎有沒有效果。

因此在仔細聆聽了師父傳授的辦法之後，從師父手上接下了幾張符咒跟佛牌，再三確認過步驟之後，吳麗樺帶著那個友人心滿意足地離開了。

在吳麗樺離開之後，徒弟一臉緊張地看著師父。

「這樣好嗎？」徒弟問師父：「那個不是……」

「你啊，」師父板著一張臉說：「還不會看人啦，你沒看到那女人的樣子。就算我不給她，她也會去找其他人啦。」

當然徒弟也知道，師父此話也不算是瞎說，她當時就是透過其他人介紹才找到這裡來的，而且當她說起自己的故事的時候，那激動的模樣，很可能跟師父說的一樣，就算兩師徒拒絕她，她還是會找其他人。

可是問題是，真的有需要用到那種恐怖又惡毒的法術嗎？這才是徒弟心中最大的疑惑。不過既然師父這麼說了，當徒弟的也不方便再多說什麼。

只是就連師父自己也不知道，為什麼自己有那麼多可以用的法術不教，偏偏教了她這麼一個法術。

雖然說這個法術確實很簡單，只有幾個步驟，接下來就完全看個人的造化，不過……這個法術被很多法師棄而不用，自然有它的道理。

不過這應該不是主要的原因才對，真正的原因，其實就連師父自己也搞不清楚，只知道當聽完女人的訴求之後，腦海裡就浮現出這個法術。

財迷心竅？或許吧。但是師父總感覺有一些其他的東西，吸引著他，把這個封印的東西，告訴了這個女人。

說出口之後，其實就連師父自己都有點後悔，不過現在為時已晚，多說什麼也來不及了。

「我啊，第一眼就看出來了。」師父只能這樣安慰著自己跟徒弟，「那女人恐怖的執著，如果不給她什麼，她肯定會繼續追求，直到她達到目的為止。所以就算不是我們，透過其他人也是一樣的，既然終究都會如此，還不如就我們來賺就好了。」

或許這就是所謂的殊途同歸吧？不鬧個兩敗俱傷、玉石俱焚，那女人是絕對不會放棄的。因此打從一開始，就注定會走到那個悲劇的情況之下，差別恐怕只是透過哪條路罷了。

打從一開始，這女人注定要引發一場沒有血腥結局，就絕對不會畫下句點的悲劇。

這，就是師父可以安撫自己良心的說詞，也是自己還是能夠拿錢拿得安心的唯一解釋。

只是說起來也實在很諷刺，這對師徒教給吳麗樺的東西，其實是源自於吳麗樺自己所屬的世界。

在過去的中國有這麼一個流派，靠著血祭自己平常使用的戲偶，可以得到遁入魔道的強大力量。而這個法術就是該流派輾轉來到了泰國之後，與當地的嬰靈之術融合的結果。不過因為太過於殘忍，威力過於強大，因此很快在融合誕生後，就被封印了，就連泰國當地的法師也不太使用這樣的伎倆。

想不到今天卻被一個財迷心竅的法師，將它傳給了吳麗樺。

告別了師父之後，搭上返回台灣的飛機，吳麗樺馬不停蹄地回到了娘家，在按下門鈴之前，心底深處彷彿有點什麼情緒被挑動了一下。

如果吳麗樺願意好好思考一下，或許接下來母子倆的命運，會有天壤之別的不同。

畢竟只需要一點點理性，都可以理解到自己的處境，絕對不是靠些妖魔鬼怪就可以有所改變的。

如果吳麗樺願意去聽那理性的聲音告訴自己，算了吧，那男人根本不可能回頭的，對方已經把自己當成了瘋子，寧可付一大筆錢，也要徹底斷絕兩人的關係，就連自己的親生骨肉，都可以不聞不問徹底放手，不就是最好的證明嗎？

但是吳麗樺卻怎麼想都不願意放手。

說穿了就是不甘心，憑什麼兩人分手之後，可以一個繼續在下一個天堂逍遙，另外一個人必須在地獄中仰望著對方。

既然自己不能重回天堂，那麼就一起下地獄吧。

這樣的念頭，幾乎斷絕了吳麗樺跟她孩子的未來。

心在善惡之間徘徊，天堂與地獄，往往都在一念之間。

拒絕聆聽良心最後的掙扎與呼喚，吳麗樺還是按下了門鈴。

地獄之門就這樣被私慾開啟，而墮入地獄的，不只有吳麗樺一個人而已，還有那個無辜的孩子。

自從知道了孩子的爸爸，不會因為孩子而回心轉意之後，吳麗樺就把孩子丟給自己的媽媽照顧，完全不聞不問。因此這一次母子倆相見，相隔了四年。

當年還年幼的嬰孩，根本不可能認得這個從來不曾關心過自己的母親，因此當母親抱起他的時候，還因此大哭了起來。

六歲，是這個未來被叫做阿火的小朋友，最後正常的日子。

幾天之後，他被母親帶回去，並且進行了一個連正常人都會皺眉搖頭的儀式。

而這個儀式，也注定了他此生扭曲又痛苦的命運。

# 後記

大家好，我是龍雲，很高興在這裡跟大家見面。

這一次的短篇，其實大約在去年，就有了這樣的想法，只是一直沒有找到合適的地方，可以放進這個短篇。

因為需要顧慮到一些還沒有看過的朋友，所以一直要等這一位關鍵角色登場之後，才會比較合適一點。

所以好不容易等到了這一集，才有機會把這個短篇完成。

這次的短篇跟我另外一部作品有些不太一樣的連結，有興趣的朋友，也可以去看看那部作品，同樣由春天出版社出版的《驅魔》系列。是關於一個以鍾馗為祖師爺的門派，流傳到今天所發生的故事。

最後同樣，希望這次的作品大家會喜歡，那麼我們下一集見。

龍雲

作者　龍雲
封面繪圖　啻異
總編輯　莊宜勳
主編　鍾靈
責任編輯　黃郁潔
美術設計　三石設計

出版者　春天出版國際文化有限公司
地址　台北市信義區信義路四段458號3樓
電話　02-7718-0898
傳真　02-7718-2388
E-mail　story@bookspring.com.tw
網址　http://www.bookspring.com.tw
部落格　http://blog.pixnet.net/bookspring
郵政帳號　19705538
戶名　春天出版國際文化有限公司
法律顧問　蕭顯忠律師事務所
出版日期　二〇一九年九月初版
定價　190元

總經銷　楨德圖書事業有限公司
地址　新北市新店區寶興路45巷6弄6號5樓
電話　02-8919-3186
傳真　02-8914-5524

龍雲作品 29

黃泉委託人：地獄逃犯

國家圖書館出版品預行編目資料

黃泉委託人：地獄逃犯 ／ 龍雲 著. 一 初版. 一
臺北市：春天出版國際, 2019. 09
面；　公分. 一（龍雲作品；29）
ISBN 978-957-741-237-9（平裝）
863.57　108015995


ISBN 978-957-741-237-9
Printed in Taiwan